RESERVA NATURAL

RODRIGO LACERDA

Reserva natural
Contos

COMPANHIA DAS LETRAS

Copyright © 2018 by Rodrigo Lacerda

Grafia atualizada segundo o Acordo Ortográfico da Língua Portuguesa de 1990, que entrou em vigor no Brasil em 2009.

Capa
Raul Loureiro

Foto de capa
Monkeys in the Jungle, Henri J. F. Rosseau, óleo sobre tela, 114 × 162 cm, 1910.
Bridgeman/ Fotoarena

Preparação
Márcia Copola

Revisão
Adriana Bairrada
Ana Maria Barbosa

Os personagens e as situações desta obra são reais apenas no universo da ficção; não se referem a pessoas e fatos concretos, e não emitem opinião sobre eles.

Dados Internacionais de Catalogação na Publicação (CIP)
(Câmara Brasileira do Livro, SP, Brasil)

Lacerda, Rodrigo
Reserva natural : contos / Rodrigo Lacerda. — 1ª ed. — São Paulo: Companhia das Letras, 2018.

ISBN 978-85-359-3077-1

1. Contos brasileiros I. Título.

18-12538   CDD-869.3

Índice para catálogo sistemático:
1. Contos : Literatura brasileira   869.3

[2018]
Todos os direitos desta edição reservados à
EDITORA SCHWARCZ S.A.
Rua Bandeira Paulista, 702, cj. 32
04532-002 — São Paulo — SP
Telefone: (11) 3707-3500
www.companhiadasletras.com.br
www.blogdacompanhia.com.br
facebook.com/companhiadasletras
instagram.com/companhiadasletras
twitter.com/cialetras

Sumário

TERRITÓRIO
Reserva natural, 9
Sempre assim, 43
Polinização, 55
Energia, 65
Santuário da Lagoinha, 81

FAUNA
Concurso, 93
Movimento, 123
Paraíso, 145
O caçador, 153
Metástase, 169

TERRITÓRIO

Reserva natural

As crianças comeram cedo e desabaram antes das oito; uma no sofá, outra na rede, uma terceira no colo da mãe, e a última, excepcionalmente, na própria cama. Nos adultos o cansaço demorou mais a bater, as deserções só começando depois do jantar. O sítio havia feito jus a tudo que eu prometera; sol, piscina, muita comida, muita bebida e, para fechar o primeiro dia, no cair da tarde, um passeio à beira do rio.

"Eu que falei para o seu pai", contou Roberto pela milésima vez, futucando o chão coberto de folhas com a bengala. "Quando vi essas árvores, esse verde, e o rio...", ele respirou com força no meio da frase, absorvendo a paisagem, depois correu os dedos pelo bigode branco, "você tem que comprar."

Desde pequeno eu ouvia essa história, e Laura, minha mulher, àquela altura da nossa vida em comum, com certeza estava cansada de conhecê-la também (ainda a ouviríamos outra vez até o fim da noite). Pelos olhares que trocamos, algo semelhante acontecia com os filhos de Roberto.

Havia tempos que não juntávamos tanta gente no sítio. Após a morte dos meus pais, os tradicionais feriados de casa lotada ficaram meio sem sentido. Ou melhor, passaram a depender só de mim e da minha mulher, e tínhamos tanta preguiça dessas grandes produções — megassupermercados, mapas, comboios, quartos entupidos de colchonetes para as crianças dos convidados... Nossos dois primeiros filhos eram agora jovens adultos, e, quando a caçula nasceu, comigo bem pra lá dos quarenta, o sítio havia se transformado num lugar mais pacato, de puro descanso.

*

Na manhã de sábado, durante minha caminhada diária, cruzei o rio e fui parar nos limites do parque pelo bambuzal, indo até o Poço da Árvore. Na volta, ao chegar, passei pelos netos de

Roberto que brincavam na piscina, vigiados pelos filhos do meu convidado de honra, sua nora e seu genro. Quatro adultos contra três crianças; marcação homem a homem e um na sobra. Conversamos rapidamente, logo pedi licença e fui colocar o calção de banho.

A luz do dia era alegre, o ar estava perfumado e de qualquer lugar da casa se ouvia o canto dos passarinhos. Da varanda, pela janela, vi Roberto na sala de estar, sentado numa das poltronas floridas, e Suzana, pouco mais que um bebê aprendendo a andar, se apoiando ora nas pernas dele ora na mesa de centro. Meu padrinho com quase oitenta anos de idade, minha filha com menos de dois. Ele um biólogo aposentado, ela de fraldas.

Roberto introduzia Suzy no maravilhoso mundo dos pesos de papel, as seis pequenas bolhas de vidro maciço, coloridas por dentro, que enfeitavam a mesa. Uma poeirinha residual da imensa coleção do meu pai, devidamente transformada em dinheiro após sua morte. Minha filha, a curiosidade em forma de gente, abria os dedos num gesto precário, sem força, carente de coordenação motora fina, tentando segurar uma das bolhas. Para suas mãozinhas frágeis, aqueles pesos, por menores que fossem, ainda eram muita coisa. Fazendo a necessidade de socorro parecer um gesto de largueza, Suzy devolveu a bolinha dura e fria ao amigo mais velho, que, recebendo-a de volta, espetou-a de brincadeira no olho, como um monóculo psicodélico.

"Estou vendo estrelas... vermelhas!"

Suzy achou graça. Então Roberto, tirando o objeto do rosto e examinando-o de frente, fez uma careta de tristeza, torceu os bigodes comicamente para baixo:

"Ei, peraí... esse aqui é verde!"

Suzy riu. Sem querer interferir, fiquei quieto onde estava. Com seu tradicional bigode branco, a bengala de castão dourado, havia poucos anos acrescentada ao figurino, e agora aquele monóculo de mentira, Roberto parecia o próprio barão do café oitocentista. Suzy captara seu ar antigo, seu humor fresco e o carisma acima da média que o distinguiam e impressionavam a todos. Ela podia ser pequena, mas sabia muito bem que um adulto como aquele não aparece toda hora. Dos três velhos amigos — meu pai, Heitor e Roberto —, ele foi sempre o mais interessado nas crianças, algo que imediatamente merecia nossa reciprocidade.

Roberto repetiu a brincadeira, pegando outro peso de papel e encaixando-o na cara:

"Agora estou vendo estrelas... amarelas!"

Suzy deu um risinho de expectativa. Roberto fingiu observar melhor o objeto e de novo torceu a bigodeira para baixo, encenando a constatação do erro:

"Que porcaria! Esse é laranja!"

Suzy foi às gargalhadas. Eu também, fora de cena.

Laura apareceu na porta, com aquele ar de transbordamento que toda mãe ganha quando escuta o riso franco da prole. Também não me viu. Após agradecer a gentileza do nosso convidado, balançou a mamadeira para Suzy, que desapareceu com a mãe pelo corredor, cambaleando atrás do leite.

"Boa ideia", disse Roberto.

E partiu rumo ao primeiro gim-tônica do dia.

*

Estávamos todos ali tomando alguma coisinha antes do jantar. Pensativo, meu padrinho admirou por um tempo a cópia da Vênus de Urbino. A figura da mulher nua dominava a sala, do tamanho do quadro original, mais de um metro de altura e quase dois de comprimento. Uma imensa pintura a óleo, pendurada alta na parede do sofá, visível de todos os cantos; para quem estava nas duas poltronas floridas, na cadeira de balanço, do outro lado da mesa de centro, e para quem chegava por qualquer uma das portas, do hall da escada, da sala de jantar e da varanda. Mesmo quem sentava no sofá, sem poder vê-la, sentia sua presença pairando acima da cabeça. Meu pai encontrara o Ticiano fake num antiquário da cidadezinha ali perto, e dera-o para minha mãe quando nasci.

"É ou não é uma cópia maravilhosa?", perguntou Roberto.

De fato, era incrível.

"É quase perfeita", eu disse. "Demorei a encontrar uma diferença em relação ao original..."

Roberto me encarou com interesse:

"Existe alguma?"

"É estranho, porque, para quem fez o mais difícil, é um erro bobo."

Roberto, curioso, fez um bico e ergueu as sobrancelhas. Laura abriu os olhos castanhos em minha direção.

"A primeira vez que reparei foi num livro sobre o Ticiano, que reproduzia o quadro. As flores do divã em que a Vênus está deitada têm um dourado mais claro. Faltou amarelo nessas aí."

"E quem garante que a foto era mais fiel ao original?", perguntou Roberto. "Nenhuma impressão é confiável nesse nível de detalhe."

"Tive a mesma dúvida, mas numa viagem à Itália fui ao museu e confirmei."

Roberto e Laura olharam para a Vênus na parede, avaliando.

"Mesmo assim, é uma cópia incrível", eu me apressei em dizer.

"Nunca vi uma tão linda", concordou Laura.

"Um prodígio", disse Roberto. "Que pele, que olhos..."

"Lânguida e convidativa, mas nem um pouco vulgar", comentou ela. "Difícil conseguir esse efeito."

Ao que ele acrescentou:
"O cachorro dormindo, nos pés da cama, quebra o erotismo explícito."
"E as empregadas em segundo plano, mexendo no baú, dão um ar doméstico à cena."
Tudo isso era verdade, todos concordávamos. Por um instante, a conversa acabou. Eu a retomei de outro ângulo:
"Meu pai, quando minha mãe reclamava dele por algum motivo, sempre perguntava: 'Quem foi que te deu o Ticiano de presente? Quem foi, quem foi?'."
Imitei seu jeito de falar, com a voz igualzinha, e rimos da lembrança compartilhada.
"Realmente, meu sogro ganhou pontos...", disse Laura, admirada. "Ganhar um quadro desses!"
"O Ticiano passou a ser o pintor preferido da minha mãe."
"Óbvio", ela enfatizou. "Uma coisa assim, desse tamanho, dada pelo homem da sua vida, quando o seu primeiro filho acabou de nascer... É de musa renascentista pra cima."
Roberto afogou no gole de uísque um sorriso discreto e perguntou:
"Vocês sabiam que Urbino é a cidade onde nasceu Rafael?"
"Qual Rafael?", eu disse. "O Sanzio?"
"O próprio."
"Não sabia."
"Pois é..."
"Eu sei é que a *Olympia*, do Manet, foi inspirada nesse quadro."
"Que heresia!", exclamou Roberto, dando um tapa no braço da poltrona. "Aquela baixinha metida a gostosa... Deus me livre."

*

Restávamos só nós três quando Roberto sugeriu que terminássemos a última garrafa na varanda. Minha mulher, gentilmente, recusou:

"A Suzy acorda muito cedo."

Vendo que mesmo assim nos preparávamos para ir, ela acrescentou:

"E não está meio frio lá fora?"

Roberto captou a preocupação com a saúde dele:

"Minha querida, uma gripe a mais, uma a menos, não vai fazer diferença. E não estou em condições de deixar nada para amanhã."

Ao se despedir, Laura cravou os olhos nos meus. Sua expressão de alerta e o medo de ficar sem saber o que dizer, estando sozinho com Roberto, me aconselhavam a também recusar o convite. No entanto, conhecendo os membros da velha turma, eu podia apostar que ele jamais desperdiçaria o resto do vinho, uma das garrafas nobres trazidas especialmente para o fim de semana. E deixá-lo sozinho estava fora de questão.

Ao chegarmos na varanda, a luz que vinha de dentro iluminava mal e mal a fronteira com o mundo exterior. Roberto, porém, não quis acender nenhuma outra. Perguntei a ele se o sofá de palhinha era confortável o bastante ou preferia que eu trouxesse uma poltrona. Perguntei por desencargo de consciência, mas era outra situação com final conhecido. Roberto apontou a bengala para o assoalho, risonho, me olhando e balançando a cabeça afirmativamente. Resignado, mas no íntimo lisonjeado por ele reeditar comigo a antiga camaradagem, pousei a garrafa de vinho e os copos, afastei o sofá e posicionei um dos tapetes de couro de vaca, ainda cobrindo-o com uma rede, para evitar danos mais sérios aos nossos fundilhos. Então ajudei Roberto e sentamos os dois no chão. Uma vez instalados, de frente para a noite, ele arrematou:

"Tradição, disciplina e lei."

A piada o divertiu, mesmo sendo velha da época da reforma, quando a casa foi praticamente reconstruída e acampávamos em ambientes não mobiliados, tropeçando em material de obra enquanto besouros camicazes lançavam-se numa guerra cega contra lâmpadas e paredes.

Roberto encheu nossos copos, tomou um bom gole e bochechou como autêntico enólogo. Recostados, esticamos nossas pernas na perpendicular das tábuas corridas do assoalho. Tapando a parte inferior da vista, os balaústres do guarda-corpo, pintados de verde, desapareciam emaranhados por galhos e folhagens da trepadeira. Erguendo o olhar, víamos ao longe a copa das árvores maiores, as palmeiras-imperiais nos limites do terreno, a silhueta das montanhas que demarcavam o início do Parque Nacional, a lua minguante e as nuvens contra o céu escuro.

Um vulto passou zunindo pela beira da varanda. Enquanto nos instalávamos, decerto tínhamos interrompido as expedições de caça dos morcegos, que até hoje conservam no forro do último andar um verdadeiro conjunto habitacional, e de lá, ou dos buracos da mata, saem e vêm comer nas mangueiras ao redor da casa. Assim que nos aquietamos, contudo, com nossos vinhos a postos e olhando a escuridão lá fora, recomeçaram as manobras rápidas dos mamíferos alados. Tendo em vista que os morcegos se alimentam praticamente de qualquer coisa — frutas, néctar, pólen, insetos, peixes, calangos, sapos e outros vertebrados de pequeno porte —, encontrar comida deveria ser fácil num lugar como aquele.

"Quando o Afonso comprou essas terras, eu, ele, o Heitor e o João — lembra do João, o caseiro que havia aqui? — costumávamos ficar dias explorando esses morros. Entrávamos com a cara e a coragem no que hoje é o parque. Você ainda nem tinha nascido."

"Meu pai me contou."

"Sua mãe e a Estela também adoravam essas aventuras. Minha mulher era uma grande companheira. A Beth não gostava tanto, mas o Heitor sempre acabava conseguindo arrastá-la."

"Devia ser uma terra virgem..."

"Completamente, e a fauna era abundante. Não havia guias registrados, agências de ecoturismo, aviões chegando uma vez por semana, nada disso. Tudo era mais selvagem, inclusive nós."

Depois de um tempo, perguntei, segurando a garrafa:

"Quer mais?"

Ele me estendeu a taça.

"Muito bom esse vinho."

Ficamos em silêncio. Roberto bochechava a cada gole, saboreando a bebida. Um morcego mais ousado ultrapassou os limites da varanda e deu um rasante sobre nossas cabeças. Nos encolhemos um para cada lado.

"Esse passou perto", eu disse.

Roberto me olhou e apenas sorriu.

Minha mãe sempre odiou os morcegos que rodeavam a casa. Meu pai nunca se importou com eles. Pelo contrário, defendia-os, alegando que ajudavam na reprodução de várias espécies de plantas, transportando o pólen como os beija-flores e as abelhas, e se alimentavam de roedores, afastando-os das redondezas. Invocava também o fato de as fezes dos morcegos constituírem um excelente adubo natural para nossos jardins. Quando minha mãe insistia em maldizê-los, acusando todos de serem portadores de raiva e alertando para o fato de que podiam nos atacar durante o sono e sugar nosso sangue, meu pai rebatia esses pesadelos sanitários afirmando que, na verdade, a taxa de infecção pelo vírus da raiva nas populações de morcego era bastante baixa e que as espécies hematófilas eram raras mesmo naquela região preservada. Nem com isso minha mãe desistia. Ela atingia o ponto de ebulição, isso sim. Despojava os seus ataques de qualquer aparência científica e apelava para a mais desbragada superstição, acusando os morcegos de trazerem a morte, de serem espíritos traiçoeiros, de serem associados aos vampiros etc. Meu pai, rindo, alimentava a discussão com superstições contrárias, em que os morcegos apareciam como animais benfazejos:

"Em Tonga e na África Ocidental, os morcegos são sagrados, a manifestação física de uma alma separada do corpo", ele dizia. "Na tradição chinesa, o morcego é símbolo de vida longa e felicidade. Na Polônia, na Macedônia e entre os árabes, também."

Nada amolecia minha mãe:

"De que adianta, Afonso, rebater um medo irracional com argumentos racionais?"

A verdade era que meu pai admirava aqueles bichos voadores. Ele gostava de ficar como eu e Roberto estávamos agora, sentado no assoalho da varanda, às vezes sem luz nenhuma, vendo-os riscar a escuridão e ouvindo seus guinchos, o incrível sonar que os guiava entre os galhos das mangueiras, jaqueiras e jabuticabeiras.

"Quando eu morrer, quero ser cremado."

"Eu também", respondi.

Roberto me olhou como a uma criança, que diz "Quando crescer, quero ser astronauta". Então deu um longo suspiro:

"Se você não se importar…"

Sua voz saiu embargada. O pedido ficou pela metade.

"Diga, pode pedir, qualquer coisa."

"Se não incomodar a você, à sua mulher, aos seus filhos, eu gostaria que minhas cinzas fossem jogadas aqui."

E ele ergueu um dedo para enxugar o canto do olho.

"Roberto…"

"Eu agradeceria muito, de verdade."

"Claro que sim", respondi, segurando seu braço com carinho. "Essa casa é sua há mais tempo do que é minha. E você é meu padrinho querido."

Ele abaixou o rosto. Eu me emocionei também. Tive vontade de abraçá-lo, porém seu horror a pieguices foi mais rápido: "Do pó ao pó, pelo pó."

Com graça, Roberto desencavou a frase, célebre nos anos 80, de uma cantora cocainômana e filha de um político famoso. Heitor sempre a citava, talvez por ser o mais doidão dos três. Rimos daquela associação inesperada.

"Olha só quem chegou...", disse ele em seguida, apontando para o extremo oposto da varanda.

"Quem?"

Eu olhei, mas não vi nada.

De repente, um ponto brilhou no ar. Uma minúscula vida luminosa, flutuando tranquilamente, saindo do breu lá fora e vindo em direção à varanda.

Roberto, recomposto, deu um gole no vinho. Eu também. Após novo bochecho, seguido de pequenas estaladas com a língua, ele perguntou, escondendo um sorriso malicioso no bigode:

"Quer dizer que os seus pais nunca falaram a verdade sobre o quadro?"

"Qual quadro?"

"A *Vênus de Urbino*."

"Que verdade? A cópia não está assinada nem datada, nunca tivemos nenhuma pista sobre as circunstâncias em que foi feita."

"Não é da autoria que estou falando."

"Não?"

"Você realmente não sabe?"

"Eu sei o que tem para saber."

"E o que é?"

"Que o antiquário comprou a cópia num lote fechado de

objetos, móveis e outras pinturas, de uma família tradicional da região, quando ela vendeu a fazenda."

Ele deu uma risadinha:

"Fui eu que comprei a *Vênus* para sua mãe."

Por um momento, eu não soube o que dizer. Aquele quadro, sempre cercado de tanta mística para meu pai e minha mãe... era muito estranho imaginá-lo chegando em suas vidas por uma terceira pessoa, mesmo que fosse o amigo mais íntimo.

"Você?"

Ele confirmou com a cabeça:

"Dei de presente logo que sua mãe chegou da maternidade. Ela ficou muito emocionada, até chorou. Mas seu pai ficou furioso. Brigou comigo, fez uma cena de ciúmes terrível. Até ameaçou me desconvidar de ser seu padrinho."

Dei um sorriso amarelo:

"Nunca soube disso."

Ele balançou a cabeça silencioso, confirmando.

"E o tal antiquário...?", perguntei.

"Existiu, mas fui eu que comprei o quadro. Nos últimos meses de gravidez, sua mãe não podia viajar até aqui. Num fim de semana, seu pai me pediu que viesse checar como ia tudo; fazer pagamentos, orientar os empregados, essas coisas. Então, passando pela cidade da barra, parei para o almoço. Depois fui à praça esticar as pernas e entrei no antiquário totalmente por acaso. De repente, vi aquela maravilha..."

Ele fechou os olhos, abriu um sorriso:

"Aahhh..."

Fez um gesto largo com os braços, numa espécie de gozo. As mãos tremiam, contudo, e sua evidente debilidade física me deixava inquieto. Percebendo, ele encerrou a história:

"Só fizemos as pazes quando aceitei que o Carlos me reem-

bolsasse o exato valor que eu desembolsara. Assim o presente passava, de fato, a ter sido comprado por ele."
Achei a solução ridícula. Senti vergonha do papelão que meu pai havia feito, porém me incomodou ainda mais a mentira boba que ele e minha mãe contaram a vida toda, repetida milhares de vezes, ao longo de quarenta anos.
"Eu não tiro a razão do seu pai", admitiu Roberto, com elegância. "Aquele quadro, realmente, parece uma declaração de amor."
E concluiu:
"Não cabia a mim..."

*

Oxigênio, pigmento e mais um composto rico em energia, auxiliar dos processos metabólicos, formam a molécula energizada. A cada vez que ela produz ou gasta energia, emite fótons de luz colorida. Pode ser amarela bem forte, amarelo-escura, laranja, vermelha, marrom, até verde-esmeralda, dependendo do pigmento. Na reação química entre o oxigênio e o tal composto, cerca de noventa e cinco por cento da energia produzida transforma-se em luz, e somente cinco por cento, em calor.

A luz é intensificada por cristais de ácido úrico, que ajudam a projetá-la através do abdômen do besouro. Mas ele a controla, acendendo e apagando de acordo com seus interesses. Há duas hipóteses sobre como faz isso: ou as células nervosas controlam diretamente o pisca-pisca, uma vez que o tecido emissor da luz está ligado ao cérebro, ou ele corta o fornecimento de oxigênio, fechando o tubo em seu corpo que serve de traqueia abdominal.

Essa "bioluminescência" — luz viva, ou vida luminosa — serve para facilitar a comunicação sexual no escuro, com o macho e a fêmea sinalizando um ao outro onde estão. Eles não são cegos, mas são pequenos e, na maioria das espécies, ativos somente durante a noite.

*

Cássio, o filho mais velho de Roberto, tornou-se um advogado bem-sucedido participando das grandes privatizações dos anos 90 e nunca mais parou. É um homem alto, precocemente calvo, magro e de olhos claros como os do pai. Casou-se com Lúcia, uma economista, funcionária de carreira do BNDES. Eles têm dois filhos homens e um bom humor notável quando implicam um com o outro, o que fazem sem parar; ela, obcecada por organização e limpeza; ele, fora do escritório, um bonachão completo, preguiçoso para tudo. Mantínhamos contato ocasional, jamais com intimidade. Por eles eu recebia notícias de Roberto, a quem via mais esporadicamente ainda.

Júlia, sua filha mais nova, era a grande preocupação do meu padrinho, para não dizer o grande desgosto. Havia sido uma criança e uma adolescente deslumbrante, minha primeira paixão, mas depois embarcara, por muitos anos, no mais vulgar apetite sexual. Arrumava namorados fisicamente desagradáveis e moralmente repulsivos, aproveitadores e mal-educados, acho que pelo prazer de chocar o pai, ou de agredir a si própria. Foi impossível manter a amizade que tivéramos na infância. Além de ser penoso vê-la nos piores enroscos, minhas namoradas sempre a odiavam. Um dia, pegando a todos de surpresa, Júlia se casou. Justamente com um daqueles namorados viscosos, chamado Carlos Alberto. Desse casamento nasceu Catarina, na época do feriado no sítio já uma menina grande, muito magra, de olhar apagado, que não negava sua condição de criança infeliz. Júlia, nos últimos anos, engordara loucamente, tornando-se uma mulher na qual nenhuma roupa caía bem, e fizera uma plástica malsucedida, que lhe roubara a expressão natural. Eu desenvolvi até certa aflição de ficar a seu lado, pois lembrava como era linda e não conseguia me conformar com o fato de que tudo tivesse dado tão errado.

Catarina era a neta preferida de Roberto. Tinha o temperamento introspectivo das pessoas que se refugiam nos livros e nas artes, e claro que o avô atuava como grande estimulador de suas inclinações humanistas. Iam juntos a museus, concertos e óperas, e a menina ganhava todos os livros e discos que pudesse querer. Já Antônio e Bento, os filhos de Cássio, eram tão orgulhosos da prosperidade de que viviam cercados, tão felizes consigo mesmos, que precisavam menos do avô.

Quando o câncer de Roberto se espalhou, e os médicos disseram que não havia mais nada a fazer, foi Lúcia quem me deu a notícia. Choramos discretamente no telefone.

"Como ele reagiu?", perguntei.

"O Roberto ainda não sabe."

"Não?"

"O médico preferiu avisar os filhos antes. Vai falar com ele hoje."

*

"Numa de nossas excursões, ficamos quatro dias explorando o vale do cachoeirão. Fizemos uns setenta quilômetros de caminhada, com sol na cabeça e tomando banho de rio. Saímos da casa do velho colono Ribamar e fomos até a grande queda-d'água. Oito pessoas ao todo: os três casais, o João e mais um dublê de guia e carregador, o Piaba. Era um mulato que morava na vila, flamenguista fanático.

"Passamos por um trecho do rio onde havia cipós imensos nas árvores, caindo lá do alto grossos e resistentes como cabos de aço, nos quais ficamos balançando, aos gritos. Cruzamos com um porco selvagem, que avançou no Heitor quando ele tentou chegar perto. O Heitor tinha mania de provocar os animais, e depois, quando o atacavam, negava qualquer responsabilidade sobre o incidente. Foi assim com o Fiel, lembra, o cão fila que havia aqui?

"Topamos também com a maior cobra-coral que já vi. Sua mãe estava andando tranquilamente, no meio da fila indiana, quando a cobra saiu do capim-rasteiro que margeava a trilha. Seu pai estava lá adiante, com o Piaba, tentando decorar o caminho, coisa que aliás nunca conseguia fazer. Ao ver a cobra embaixo dela, sua mãe pulou para trás, me abraçando e gritando. O João, logo à nossa frente, virou o corpo e, num reflexo, usou o facão com que abria o mato para cortar a cobra ao meio. Enquanto sua mãe se recuperava do susto, vimos o bicho corcoveando nos estertores.

"O Piaba, aproximando-se, contou a história de um amigo que, enquanto pescava na beira do rio, esticou o braço para pegar uma nova isca na lata, sem olhar o que estava fazendo. Mas o cheiro das minhocas havia atraído uma surucucu, e ela, ao se julgar atacada, reagiu, picando a mão do caboclo justamente no polegar, para depois disparar de susto mato adentro. Segundo o Piaba, o amigo nem pensou duas vezes. Antes que o veneno se alastrasse, fez como o João havia feito com a coral: puxou o facão e amputou o próprio dedo.

"A primeira noite dormimos numa casa que existia nos atuais limites do parque. Muito simples, escura, sem banho quente, mas onde encontramos comida boa e uma cama para deitar. A casa não tinha geladeira nem banheiro. Era como se aquelas pessoas morassem no século XIX. Na segunda noite, longe de tudo, o jeito foi montar a barraca que havíamos trazido para as mulheres, e nós, homens, usarmos sacos de dormir, ao relento. Comíamos biscoitos, enlatados, miojo, essas porcarias, mais as frutas que apareciam. De noite, ficávamos fumando e conversando em volta da fogueira, até cairmos de sono.

"Ao longo do percurso, o Piaba foi nos ensinando a serventia das plantas, o nome dos insetos e das aves, a distância e o tempo das coisas. Sem mapa, sem bússola, sem nada. Ele também nos mostrava como devíamos fazer para andar no terreno acidentado pelo máximo de tempo com o mínimo de esforço:

"'Sem pular', dizia. 'Aproveitando os degraus que a natureza dá. Pular faz mal pros joelhos.'

"Sempre que o pé de alguém deslizava nas pedras, o Piaba dava um risinho, achando graça nos patrões desajeitados, e nos insuflava ânimo:

"'Escorregar não é cair.'

"Enquanto nos juntávamos em torno de quem podia ter torcido um tornozelo, ou se machucado de algum jeito, o Piaba continuava em frente, repetindo:

"'Não para, não. Escorregar não é cair.'"

*

O câncer de Roberto começou num dos rins. Na época, optou-se pela extração cirúrgica do órgão, como se ela, num passe de mágica, resolvesse tudo. Hoje, tacitamente, a família duvida, e eu também, que aquele tenha sido o foco primário. Quando o visitei no hospital, ele me disse, desvendando com otimismo as estratégias evolutivas da nossa espécie:

"Rim existe para dar defeito, ou a gente não teria dois."

Roberto passou por algumas sessões preventivas de quimioterapia, tão leves e enfrentadas tão bem por seu organismo que ele nem sequer chegou a perder o viço. O problema, em tese, estava resolvido, e tudo correu da melhor maneira nos primeiros

check-ups do acompanhamento de rotina. Depois de três anos, porém, outro tumor surgiu, dessa vez no fígado. Como era numa das pontas do órgão, o qual tem grande resistência e propriedades autorrestauradoras, novamente a cirurgia foi indicada. Quando almoçamos juntos, dias antes da operação, Roberto admitiu:
"Desse coitado eu abusei."

Era estranha a sensação de almoçar com alguém cujo organismo não parava de produzir uma doença mortal, e com hora marcada para correr um risco imediato de vida. Quando me imaginei na situação dele, julguei que seria incapaz de tamanha naturalidade e invejei sua distinção.

Roberto novamente superou bem a cirurgia, mas o veneno quimioterápico dessa vez provocou todos os sintomas clássicos de uma cura brutal. O estômago atacado, a perda de peso, as alergias de pele, a queda dos cabelos, até o bigode branco se foi, raspado por sugestão médica. Terminado o tratamento, contudo, em poucos meses o homem se recuperou. Era mais forte do que parecia. O bigode, símbolo do austero cientista beberrão, renasceu frondoso.

Nos piores momentos do processo, ao contrário do que mandaria a dinâmica familiar mais tradicional, não foi sua filha Júlia quem se fez presente, e sim a nora, Lúcia. Era ela quem cuidava das coisas da casa para ele e quase todas as tardes ia lá conferir se estava tudo bem. Cássio, o filho, encarregava-se de pagar as contas e do contato com os médicos.

Visitei meu padrinho algumas vezes nesse período. Júlia aparecia de quando em quando, sempre afobada e com pouco tempo disponível. Carlos Alberto, seu odioso marido, sumiu, como que tragado por um buraco negro. Eles adotaram o discurso comodista, e essencialmente covarde, de que "não aguentavam" vê-lo naquela situação, de que "cada pessoa reage de um jeito nessas horas". Faziam caras compungidas quando diziam isso, como se estivessem sofrendo mais que o próprio Roberto.

Catarina, a neta, redimia a inépcia da mãe e, de quebra, a alienação dos outros dois netos. Várias vezes saía do colégio e passava a tarde na casa do avô. Só ia embora lá pelas seis, sozinha, de ônibus, ou pegava carona com a tia. Tê-la por perto era um prazer que Roberto colocara no centro de sua vida. Ele a ajudava nas lições de casa quando mais bem-disposto, ou então assistia a DVDs de música clássica enquanto ela estudava a seu lado.

Numa das minhas visitas, encontrei-a por lá com seu jeitinho ensimesmado. Puxei uma cadeira para perto da cama de Roberto e passamos a tarde conversando, enquanto ela ficou diante dos vários livros e cadernos abertos na mesa. Seu avô, volta e meia, lembrava-a de me oferecer um café, ou um copo d'água, ou biscoitos, essas regrinhas da hospitalidade. A menina, muito atenciosa, ia prontamente à cozinha e trazia o que ele havia pedido. Numa determinada hora, quando saiu do quarto, Roberto admitiu:

"A Júlia não merece a filha que tem."

Terminando de estudar, Catarina fechou silenciosamente os livros e guardou-os na mochila. Então veio em direção à cama, pousando uma das mãos no braço amarelado do avô e com a outra alisando sua cabeça raspada. Os carinhos que fazia eram de uma suavidade impressionante para uma menina de onze, doze anos, no máximo. Ao contrário do que ocorre com a maioria das crianças, e com muitos adultos também, a velhice e a degradação física no corpo de Roberto não provocavam nela nenhuma aflição ou repugnância.

"Vô, estou indo. Quer alguma coisa?"

"Quero, meu anjo", ele disse, alisando a mão da neta. "Quero, depois de morto, ficar ouvindo você perguntar: 'Quer alguma coisa, vovô?'."

*

"Havíamos tomado chuva boa parte do dia. No fim da tarde, estávamos molhados, enlameados e exaustos. Montamos a barraca das mulheres no fundo de um matagal, onde havia duas grutas em que nós, homens, poderíamos esticar os sacos de dormir. Numa delas, acordamos uma pequena família de morcegos, atrasada para o banquete noturno.

"A noite estava quente. Todo mundo foi se lavar nas águas geladas de um poço vizinho ao acampamento. Só eu e o Piaba deixamos a higiene pessoal para a manhã seguinte. Acendemos a fogueira e fizemos um café. As nuvens haviam se dissipado e as estrelas faiscavam no céu, como pó de diamante.

"Ouvimos passos e vozes se aproximando. De trás de uma grande pedra, à esquerda do acampamento, saíram dois homens. Eram caçadores amigos do Piaba, também residentes na vila. Trocamos cumprimentos e eles aceitaram um gole do nosso café. Disseram estar à procura de um 'urso-formigueiro'. Piaba fez o favor de explicar, tratava-se de um tamanduá. Segundo os caçadores, as pegadas do animal indicavam ser um macho adulto, dos grandes.

"'Deve estar nos cupinzeiros, a vinte minutos daqui.'

"As pessoas foram chegando do banho e, quando anunciei a caçada, ficamos naquela indecisão; vamos ou não vamos?, quem vai, quem fica? Acabou que todos nós, além do Piaba, decidimos ver aonde aquilo ia dar. Restou apenas o João, tomando conta das barracas.

"Foram mesmo vinte minutos de caminhada, mas o terreno era íngreme, como se saíssemos do vale e alcançássemos uma espécie de platô, muito comprido e de vegetação rasteira, típica do cerrado, que se estendia até onde a noite permitia ver. Alguns aglomerados de terra foram surgindo na paisagem. Pareciam ogivas encravadas no chão, ou verrugas geológicas, largas como tocos de árvores centenárias, batendo na nossa cintura ou um pouco mais altas. Logo estavam por toda parte. Cada aglomerado, um cupinzeiro, formando a metrópole de cupins. Arranha-céus construídos com barro e outras partículas minerais, mais a própria saliva de milhares e milhares de operários obedientes, o que resultava numa argamassa dura feito tijolo.

"'Aqui é o paraíso dos tamanduás', resumiu o Piaba."

*

Afora a tristeza pelo estado terminal de Roberto, e a presença de Júlia e seu marido, alguma outra coisa me incomodava naquele fim de semana. Era uma agitação difusa, que me atacava na hora de dormir, sobretudo na última noite.

"Laura..."

Minha mulher não respondeu, virada de costas para mim e já com o abajur apagado.

"Laura..."

"Hum..."

Contemplei a muralha sonolenta e, suspirando, torci por algum gesto, algum carinho. Ela, em silêncio, afofou o travesseiro e encostou novamente a cabeça, ainda virada para o outro lado. Toquei seu ombro.

"Você já vai dormir?"

Laura ainda resistiu a uma segunda cutucada. Na terceira, finalmente, desvirou-se e me olhou. Fui examinado com frieza, mas meu tormento era real, ela viu. Então, enchendo-se de paciência, deitou de barriga para cima, cruzando os braços atrás da cabeça. Fez um rápido silêncio e, sendo objetiva para a conversa acabar logo, perguntou:

"Fala, o que foi?"

"O que você acha que a vida é?"
Ela riu da pergunta:
"Nossa! Jura…?"
"O quê?"
"Você não está com sono?"
E, como ela ficasse exasperantemente quieta, perguntei:
"Quer saber o que eu acho?"
"Ah, então o interesse no que eu acho era apenas retórico?"
"Você não fala nada… Fica aí, encarando o teto."
"Estava pensando."
"O quê?"
Ela me olhou outra vez, sorrindo:
"Pode começar você."
"Perguntei primeiro."
"Mas você já sabe o que vai falar."
"Quem disse?"
"Eu te conheço."
"Não é verdade."
"Claro que é."
"Não é."
Ela riu, ameaçou até uma pequena gargalhada. Depois me beijou no ombro.
"Não vamos brigar por causa disso…"
"Não estou brigando."
Ela segurou a minha mão e se rendeu:
"Tudo bem, eu começo… Mas não fui muito longe. Estava pensando nos nossos filhos. Pensar neles talvez me desse uma pista do que a vida é."
"E…?"
"E aí você me interrompeu."
Após uma pausa, completou:
"Agora é a sua vez."

Eu bem que gostaria de pôr a minha inquietação em palavras. Só não sabia como, ao contrário do que a Laura imaginava. Meu tormento era mesmo difuso. Depois de alguma luta interior, saiu uma pergunta improvável:

"Sabe o Zé do Caixão?"

Laura fez uma careta:

"Aquele ator fedorento que não corta as unhas?"

"Ele."

"O que a sua crise existencial tem a ver com o Zé do Caixão?"

Boa pergunta. Por que trazer um tipo tão bizarro quanto aquele para a conversa?

"Ele tinha uma série de TV chamada *Muito além do além*…"

Laura me olhou, perplexa:

"E daí?"

Admiti que não sabia muito bem. Ficamos calados uns bons cinco minutos, mirando o teto, sem trocar um olhar, imóveis, com nossa respiração ecoando lentamente no quarto fechado. Nossos pensamentos, uma energia invisível, pura fumaça biológica, evoluíam acima de nós.

"Acho que é isso…", eu disse, enfim.

Minha mulher ficou esperando mais.

"A vida é isso…", repeti.

Laura tentou tirar um sentido do que eu dizia. Sem perceber, cometia o mesmo erro que eu cometera até dez segundos antes. Lembro de me perguntar, naquele instante, se ela seria capaz de tal milagre. Eu já não era. Meus pressentimentos desobedeciam à lógica, à crença antiga no poder do homem de se reinventar, e ultrapassavam a história das civilizações. Iam além das variáveis política/economia/sociedade e das promessas de acesso ao inconsciente pelas palavras. Por isso as premonições tão difíceis de compreender, a intuição do "fundo falso", comum a todas as formas de vida, intangível como um trovão distante.

*

"Estávamos suando outra vez, depois de caminhar pela noite quente. Nos cupinzeiros, para frustração geral, não vimos nenhum tamanduá. Os caçadores podiam desistir de encontrar sua presa antes do amanhecer. Do nosso ponto de vista, contudo, além de não estarmos especialmente sedentos de sangue, o lugar era curioso por si só.

"Todo cupinzeiro é um sistema perfeito. O túnel principal organiza o espaço lá dentro, como um eixo de onde saem acessos a vários 'pisos', digamos assim, todos com a sua respectiva função. Berçários para as larvas, jardins para fungos alimentícios, moradias populares e, claro, a câmara real, onde a rainha vive e põe ovos aos milhões.

"Ficamos alguns minutos observando as estranhas pirâmides de barro, enquanto o Piaba convidava seus frustrados amigos caçadores a pousarem conosco no acampamento. Convite aceito, íamos tomando o caminho de volta quando fomos surpreendidos pelo pio forte, muito próximo, de uma ave noturna.

"E então, pegando todos de surpresa, as paredes externas dos cupinzeiros pouco a pouco se iluminaram. Primeiro uma, depois mais uma, depois outra, e mais outra, e mais outra, até ficarem todos eles repletos de luzinhas amarelas, como pequenas árvores de Natal.

"A Estela me abraçou, entre assustada e fascinada. Seu pai e o Heitor ficaram mudos, simplesmente admirando. Foi uma emoção assistir àquilo. Sua mãe, me lembro como se fosse ontem, de tão maravilhada começou a chorar.

"Estávamos ali, no meio do nada, nove pessoas imersas na vida selvagem, nos protegendo dela mutuamente, extraindo da natureza as mais lindas paisagens e ganhando, de lambuja, esplêndidos efeitos especiais. Qual a origem daquela visão? Era a química do solo? Mas por que não estava brilhando segundos antes? Era o reflexo da lua? Então por que as luzes pareciam ter vida própria? Já estava na hora de começar a acreditar em Deus? Nem mesmo eu, biólogo profissional, estava preparado para aquilo.

"Junto à boca de cada aglomerado de terra, avistamos alguns pontinhos de luz começando a rodopiar. Finalmente entendi. Eram os vaga-lumes-fêmeas, que depositam seus ovos na crosta dos cupinzeiros e, durante a noite, na estação das chuvas, além de chocar e patrulhar, acendem suas luzes e decolam, declarando guerra às fortificações.

"Os cupins contra-atacaram, enviando seus guerreiros alados. O combate cresceu primeiro em ferocidade, depois em tamanho, atraindo pelotões de formigas e esquadrilhas de mariposas, que em tática de guerrilha disputavam pedaços amputados de corpos, cadáveres de soldados e larvas, estoques preciosos de comida para sua população.

"O verdadeiro caráter do espetáculo, porém, não ficou evidente para todos. A flutuação das luzes, sobre dez, quinze, vinte cupinzeiros, era bonita demais, disfarçava a violência do que estava de fato acontecendo.

"A diferença entre nossas ordens de grandeza distorcia tudo. Como a explosão de uma estrela, vista pelo telescópio, é uma beleza delicada, uma nuvem de luz colorida, a guerra encarniçada entre os insetos passava por um belo presente da natureza, um toque romântico nas agruras da expedição. Tentei situar meus companheiros. Sua mãe foi a única que me deu ouvidos:

"'É pura carnificina, então?'

"De repente, entrando vagarosamente no descampado, brotaram da vegetação duas silhuetas muito peculiares. Tinham a cabeça comprida, feito um prolongamento do pescoço, peludas no corpo e na cauda. As patas moviam-se com tranquilidade e uma sutil falta de jeito. A maior das criaturas, com mais de um metro e meio de comprimento, tinha a pelagem escura; a outra, sua exata reprodução em miniatura, tinha o pelo bem claro. Difícil acreditar que não percebessem nossa presença. O mais provável é que estivessem famintas a ponto de se tornarem imprudentes, transtornadas pela pororoca de comida à sua frente. A imediata solidariedade entre mamíferos nos invadiu, a visão do tamanduá-fêmea com seu filhote amplificou e aproximou a emoção do genocídio. Também nos lembrou por que estávamos ali.

"Todos nos olhamos. Sua mãe cutucou seu pai. Ele foi nosso porta-voz junto aos caçadores:

"'Vocês não vão matar a mãe e o filhote, vão?'

"Eles não tinham decidido, ainda. Percebendo nossa disposição, estudaram-se mutuamente.

"'Cadê o macho de vocês?', gozou o Piaba, perdendo ótima oportunidade de calar a boca. Não era político, àquela altura, provocar os caçadores. Já estavam bastante contrariados. E o duplo sentido de sua frase piorava tudo. O mais magro dos dois tirou a espingarda do ombro, examinando as possibilidades:

"'Vamos chegar perto.'

"Heitor se retesou, sempre mais esquentado que seu pai e eu. Os caçadores sustentaram posição. Seu pai driblou o impasse:

"'Vamos, só pra ver.'

"Começamos a andar, em silêncio. Ao nos posicionarmos novamente, num ângulo melhor, entendi o jogo de cores na mãe tamanduá. O dorso era amarronzado e a parte inferior do corpo, preta, com uma faixa branca descendo e se alargando, do tronco até as patas. Na cabeça e nos membros dianteiros tinha o pelo mais curto, do quarto traseiro até a cauda era tomada por uma pelagem comprida, de fios longos e grossos, feito uma piaçava.

"A tamanduá aproximou-se de um dos cupinzeiros à direita do terreno. Grande potência que era, comparada à mortandade minúscula, seu primeiro ato de guerra foi se levantar e apoiar as patas dianteiras nas paredes de barro, provocando uma revoada de vaga-lumes. As pequenas luzes aglomeraram-se em torno de sua cabeça, nos permitindo ver seus traços mais nitidamente: a rigidez muscular do focinho comprido e afunilado, os olhos de sono, redondos e perdidos, muito distantes da boca e das orelhas. Se os vaga-lumes, invasores do cupinzeiro, foram os primeiros a enfrentar o grande animal, sem dúvida o alarme também ecoou entre os defensores da colônia fortificada. Uma correria na multidão de cupins, no escuro e à distância, chegava até nós como um pressentimento, um arrepio das sombras.

"O tamanduá-filhote, ao lado da mãe, observou-a enquanto ela enfiava a cara na grande ogiva de barro e chicoteava a língua aderente pelo buraco, castigando os cupins. Imitando-a, ele ensaiou ficar de pé, mas cambaleou e perdeu o equilíbrio. Na segunda tentativa, escorado no cupinzeiro, ganhou firmeza e começou a lamber o berçário dos vaga-lumes.

"A mãe tamanduá então pôs para funcionar suas garras grandes e curvas, três ou mais em cada pata. Logo estava ceifando torrões de barro, alargando a abertura do aglomerado luminoso e ganhando ângulo para novos disparos mortais de sua língua. O massacre estava no auge. Os cadáveres se amontoavam, as manadas guerreiras entraram em frenesi. Junto com o barro destroçado, muitos vaga-lumes caíam no território dos cupins e suas luzes amarelas agora acendiam e apagavam de dentro do buraco; o grande animal estalava a morte sobre a torre dos insetos, enquanto dezenas de vaga-lumes iluminados giravam em volta de sua cabeça.

"Uma coruja mergulhou no vazio, planando. Provavelmente havia sido ela a piar, minutos antes. Num ataque rasante até o chão, perfeitamente executado, capturou um sapo gordo, observador incógnito até ali, que então vimos se contorcendo e sendo carregado para a morte no fundo escuro da paisagem.

"Os dois caçadores abaixaram definitivamente as armas. Eu disse para Estela e sua mãe: 'Nunca veremos algo assim outra vez'."

*

O primeiro vaga-lume havia cruzado a varanda e desaparecido. Foi em direção ao depósito de frutas e ao viveiro de plantas, à esquerda da casa. Levou um tempo até que outro aparecesse, vindo no mesmo caminho. O ponto de luz ambulante se aproximou devagar, subindo e descendo, acendendo e apagando. Parecia estar distraído, passeando pela noite.

Roberto perguntou à queima-roupa:

"Você já traiu sua mulher?"

Ainda me recuperando do susto, respondi que não, nunca. Difícil responder a essa pergunta sem mentir — é tênue a fronteira entre a virilidade e a cafajestagem. Roberto me olhou, entendendo.

"Seu pai sempre disse que você era uma pessoa muito fechada."

Eu sorri, lembrando que meu pai dizia mesmo isso.

"Mas por que essa pergunta agora?"

Ele deu um suspiro, de cabeça baixa, e, quando levantou o rosto, cravou o olhar em mim.

"A Estela faz uma falta que até dói. Dói mais que o câncer. Esse eu quase não sinto."

Não falei coisa alguma, mas pensei. Roberto enviuvara tinha mais de oito anos. Ele ficou olhando o ponto de luz que ia passando à nossa frente, no seu voo descuidado. Nesse momento, um morcego saltou do breu em alta velocidade, cruzando o ar e vindo em nossa direção. Roberto e eu nos encolhemos outra vez, mas logo a silhueta negra deu meia-volta e desapareceu. Do vaga-lume, não sobrou nada.

Roberto pôs a mão no meu ombro, escorregando-a para cima até segurar a minha nuca.

"Sabe em que sua mãe estaria pensando, se estivesse aqui?"

Fiz que não com a cabeça. Ele me largou e recitou, num tom familiar, como se conversasse com os amigos de quarenta anos atrás:

Eu não devia te dizer
mas essa lua
mas esse conhaque
botam a gente comovido como o diabo.

Olhei para os meus braços, com a pele eriçada e os pelos em pé. Roberto podia muito bem ter razão. Minha mãe sabia de cor aqueles versos, e do livro de onde vinham tinha um exemplar precioso, autografado pelo poeta numa letrinha miúda, delicada como era sua voz, sua figura alta e magra, de cabeça comprida, braços e pernas muito longos. Frágil como um mosquito, cujas minúsculas picadas coçam por dias e dias.

Roberto piscou um olho na minha direção, sorrindo, e afagou o bigode branco. Reparei em seus dentes. Estavam escurecidos pela tinta do vinho. O sorriso do meu padrinho ganhou ares macabros por uma fração de segundo, como o sorriso de um morto-vivo, o esgar de um vampiro depois da mordida.

"No português, os sonhos são coisas que nós fazemos, que tiramos de dentro de nós mesmos. Existe um verbo para descrever esse ato: eu sonho, tu sonhas, ele sonha... Mas com os pesadelos é diferente. O pesadelo nos pega, como um vírus. Ninguém fala 'eu pesadelo'. Ele vem de fora e nos invade."

Ao dizer isso, Roberto riu com seus dentes escuros, então arrematou:

"Você acha que, na vida, é assim?"

"Não sei... Produzimos pesadelos, com certeza, mas isso não quer dizer que todos os pesadelos sejam produzidos por nós."
"E qual o pior pesadelo que você já teve?"
Dei um sorriso amarelo.
"Você não vai querer ouvir isso..."
"Qual foi?"
Não era nada agradável lembrar, e eu ficava sem graça de fazê-lo diante de alguém na situação de Roberto.
"Nunca lembro dos sonhos que tenho", eu disse. "Acho que levanto muito cedo e é quando a gente rola na cama, meio dormindo, meio acordando, que alguma coisa fica. Mas sempre lembro dos pesadelos. Esse não sei se foi exatamente o pior, lembro de outros apavorantes. Nunca o contei nem para a minha mulher. Agora, num sentido mais amplo, foi o que mais me impressionou, talvez porque era muito real, e por ter tido um efeito libertador."
"Você não precisa de tantos rodeios", interrompeu Roberto. "Eu te conheço desde que nasceu, e vou morrer antes do próximo réveillon. Seu segredo está garantido."
Ele tinha razão. É que eu não gostava mesmo de lembrar.
"Começa quando recebo a notícia de que minha mulher e minha filha sofreram um acidente de automóvel e estão passando por cirurgias de emergência, com grande risco de vida. No momento seguinte, eu e minha mulher caminhamos de mãos dadas na aleia de um cemitério, com lápides e árvores de ambos os lados. A Laura escapou, mas a Suzy ainda corre perigo. Corta para uma sala cheia de gente, eu e minha mulher inclusive. Muito preocupados, esperamos notícias do hospital, quando toca a campainha. Entra minha antiga babá, que você conheceu, e ela não é, no sonho, a senhora idosa que é hoje. Está jovem e muito séria, trazendo minha filha no colo. Uma criança clara, de uns dois anos de idade. Mas minha filha está diferente, sem brilho,

39

abatida. Traz o rosto colado no ombro da avó afetiva. Seus olhos parecem ter medo de um castigo, como se fosse culpada de alguma coisa. O que realmente choca a todos, porém, são seus cabelos. Suzy tinha cachos, alegres, rodilhados, numa mescla de cores que combinava o preto, o castanho e um lindo tom dourado. Mas agora seus cabelos estão muito curtos, espetados e brancos, completamente brancos. São como os de uma velha, renascendo após terem sido raspados. Eu a pego no colo e ela imediatamente enfia o rosto no meu peito. Todos à nossa volta comemoram o fato de estar viva. Mas a confusão geral e sua posição, colada em mim, não me permitem olhá-la de frente, o que eu tenho muita vontade de fazer, pois sinto que está triste e quero ajudar, vejo que está querendo me dizer alguma coisa e não consegue. Fico irritado com o barulho e o agito das outras pessoas, então a levo para um quarto, sento-a na cama e me ajoelho diante dela. Suzy tenta falar, mas seu maxilar não se move direito, de sua boca saem apenas sons guturais, como os de uma surda-muda. Só então eu reparo no que ela vinha escondendo. Seu rosto está deformado de um lado, com um afundamento abaixo do olho direito. Nessa região, a pele está cicatrizada, mas uma queimadura a deixou áspera, irregular. Minha filha não é mais uma criança perfeita, e sua beleza está perdida para sempre. Nunca mais será a mesma. Por um momento, não sei como transmitir tudo o que sinto. Acaricio seu rosto deformado, me acostumando à nova textura da pele. Primeiro toco-a com a ponta dos dedos, depois com a palma da mão. Vejo que seu rosto está frio. Está buscando calor em mim, e eu tenho para dar. Sento ao seu lado e pego-a em meus braços. Tudo está diferente e nada está diferente. No fim, beijo aliviado os fios brancos de seu cabelo."

*

Para além da varanda, no meio da noite, algumas luzes começaram a piscar. Pensei estar com mais sono do que imaginava ou que o vinho fazia meus olhos vacilarem. Mas as luzes foram se multiplicando e avançando no espaço, e Roberto também as viu. Eram centenas de pontos iluminados, que vinham atravessando a copa das árvores e tomaram toda a frente da casa, desfilando na paisagem nostálgica que nos igualava. Eu me levantei e ajudei Roberto a fazer o mesmo. Debruçados no guarda-corpo, admiramos a migração em massa dos vaga-lumes. Foram minutos de espanto e delicada intensidade. Nem os morcegos se atreveram a atacá-los. Os insetos avançavam feito uma nuvem mágica, um corpo instável que se esgarça e se recompõe sem parar, soprado pela escuridão, em busca da Terra sem Mal.

Sempre assim

Enfrentamos a situação com alguma elegância, enquanto durou o jantar. Eu a ouvia falando de suas novas perspectivas profissionais, o tema oficial do encontro, e me esforçava para prestar atenção, para fazer comentários eu não diria inteligentes, mas pelo menos pertinentes. Ela própria lutava para soar espontânea, incomodada pela artificialidade do assunto, por mais importante que fosse, comparado ao que não estava sendo dito. Era difícil conter nossos gestos e olhares; não tocar e sentir fisicamente o outro, mãos, rosto, cabelos... Não lembrar de tudo, não sofrer de novo. E assim, mal contidos, gestos, olhares e recordações ganhavam uma presença desafiadora. Difícil iludir o carinho, fugir da tristeza e da raiva; não nos perdermos, não entregarmos nossos corpos, agora já ocos, à existência paralela dos momentos felizes que havíamos decidido transformar em passado.

A primeira vez que a vi, na abertura de uma feira de artes, sua cabeça se movia em câmera lenta, deslizando sobre o eixo do pescoço em transições perfeitas. Ela evoluía numa linha reta e firme, dona do seu tempo. Sem desvios, sem mover as sobrancelhas escuras, tomando de passagem o pulso das obras de arte em cada estande, fazendo as pessoas inconscientemente se perfilarem à sua volta. A expressão de rainha, autoconfiante a ponto de ser dura, emoldurada pelos fios amarelos da coroa crespa e poderosa, mais o nariz e o queixo impositivos, desde aquele momento me deram a sensação de estar aquém, pronto para ser recolhido à minha insignificância. Por sorte, a altivez de sua beleza era contrabalançada por uma pele tão suave e receptiva quanto o leite; por sua carne, que à distância se adivinhava fresca e macia, alimentada pelos melhores hidratantes; por seus olhos verdes, cujo contraste com as sobrancelhas austeras e a cabeleira apoteótica indicava, lá no fundo, uma solidão humanizadora, reduzindo a impressão de hostilidade e distanciamento. Eu continuava me desarticulando, só que de outra maneira.

Jantar ambíguo aquele; rompimento amigável, ida e vinda, fim-começo. Sentimentos contraditórios de amor e culpa; nela, de amor e raiva. Fora a dose comum de sofrimento. Enquanto a tive diante de mim, admirei-a como a uma paisagem que desaparecia — um horizonte perdido, a imensidão lentamente enclausurada pelo avanço da noite.

Estava decidido entre nós.

Ela escolheu o restaurante, no Horto, o seu pedaço da cidade. Morava perto, na Nina Rodrigues. No começo de tudo, quando peguei seu endereço, o nome da rua me fez pensar numa caricatura de melindrosa dos anos 20, típica espevitada, risonha, sedutora e leviana, com seu vestido de franjinhas brilhantes, uma casquete espelhada ou uma tiara emplumada na cabeça pequena e infantil, o cabelinho curto e engomalinado, a boquinha vermelha, bem desenhada, com uma pintinha preta no canto superior dos lábios, bicando longas piteiras, e de unhas vermelhas, claro, com dedos bem tratados segurando taças de champanhe francês. Eu contei essa fantasia, fazendo graça, ao ir buscá-la em casa. Ela riu de mim, por educação. O verdadeiro Nina Rodrigues, explicou, poderia antes ser enquadrado na categoria "buldogue intelectual do século XIX". Traduzindo: um reacionário distante, francófilo a ponto de achar a raça brasileira inferior e duvidar que algum dia este país pudesse dar certo...

E claro que ela não era racista, nem reacionária, na verdade sua consciência estava confortavelmente instalada à esquerda. ("Ou seja, moro na rua que homenageia um louco.") Também não era nada coquete. Enfim, um grande erro contar o que o nome da rua havia me sugerido. Corri estupidamente o risco de ofendê-la duas vezes.

Chuva fina e vento lá fora. No restaurante, ar rarefeito. O garçom, pegando-nos naquela situação difícil, mantinha os copos de cerveja em atividade. Ela falou do seu trabalho. Quando terminou, era a minha vez de falar, e lá fui eu, fingir que entendia retrospectivamente as duas ou três ocasiões em que vivi o mesmo dilema profissional que ela, o de encarar ou não o mergulho completo na carreira sonhada, ignorando todo bom senso e prudência. Disse que talvez fosse a pessoa errada para aconselhá-la, pois sempre recusei o desafio em nome de uma qualidade de vida, digamos, "horizontalizada", preferindo não apostar tudo num único número e conviver com a minha dose de humilhação perante a sociedade produtiva. Ela riu, eu ri junto.

Nunca imaginei abrir mão de alguém assim, muito menos estando apaixonado. Era antinatural. E nossa paixão, por todos os motivos, fora vivida num espaço de tempo tão curto, em brechas tão espremidas do dia a dia, que mesmo no fim não sabíamos muito um do outro. Coisas básicas da minha biografia se transformavam em novidade, até algumas velhas piadas ganhavam frescor surpreendente. Sobre ela, eu aprendia sempre. Temperamento e beleza, juntos, é muita matéria para decorar. Apenas a intensidade do encontro havia alargado o tempo momentaneamente, criando a sensação de que o começo e o fim seriam distantes, de que tínhamos a mesma vida para viver.

Naquela noite, enquanto um falasse, o outro apenas fingiria escutar. Na verdade, ficaria craniando o assunto seguinte, para não deixar a conversa morrer. Era esse o propósito do jantar: manter abertos os canais de comunicação.

Estávamos decididos a um monte de coisas...

"Um bando de gente que não se conhecia, numa mesa de rua de um bar sem graça do Centro, ouvindo muitas músicas ruins ao mesmo tempo e expostos a lufadas de vento gelado" — num e-mail, ela descreveu assim nosso programa, quando saímos em grupo da tal feira de artes em que a conheci. Dias depois, eu já em São Paulo, foi um susto quando a mensagem chegou do Rio, estilhaçando a tarde de trabalho. Ela havia sentado na outra ponta da mesa, conversado com outras pessoas, sobre outros temas, e só ao irmos embora, na mesma carona, consegui trocar três palavras. Nunca pensei que tivesse causado impressão. O meu hotel, ainda por cima, era no Flamengo, e fui o primeiro a ser deixado.

Entre aquela primeira noite e agora, sentimos tanto o desperdício que, para ir adiante, ou para terminar, nunca tive certeza, precisei dizer "a verdade". Admiti estar entre ela e outra, também linda e forte, embora de beleza e força tão diferentes, a quatrocentos quilômetros de distância, onde eu morava. Achei que, explicando, ela entenderia como, por causa dessa duplicidade, eu ficara totalmente incapaz de me enxergar no futuro, nem sequer dali a um mês, que dirá de me ver projetado em qualquer prazo mais longo. Incapaz, portanto, de responder a horrível pergunta que sempre me faziam os amigos confidentes, ao longo de dois meses intermináveis: "No fim, com qual delas você quer ficar?".

Eu estava sendo sincero, e daí? O que falaria mais alto: a consciência do seu próprio valor ou um entendimento generoso de como é a vida, a despeito do valor que possamos ter? Traços agudos ou olhos tristes? Copo de chope na cara ou... o quê?

"Não mente nunca pra mim."

Foi bom ouvir isso. Ela pareceu agradecer minha sinceridade, sentir meu desejo de me recompor. Entendeu de fato, acho, meu tormento com dois amores que não podiam se integrar, duas promessas biográficas inconciliáveis. Chegamos a ter alguns encontros comigo assim, abertamente dividido, mas ela não quis ir adiante, o que no fundo julguei mais saudável. Se eu estava maluco — estar dividido entre duas mulheres é a mais aguda forma de esquizofrenia —, que pelo menos ela tomasse uma decisão sensata. Claro que era melhor abafar a paixão ainda no começo, preservar a amizade, o respeito, "alguma coisa boa". Claro. Se ela não aceitava ser minha amante bissexta, eu também não me suportaria indefinidamente contraditório, e desleal, pois para a terceira ponta do triângulo eu jamais teria coragem de contar (a mentira, mais tarde vim a entender, era meu sinal inconsciente de preferência, uma cruel demonstração de amor).

Agora, olhando para trás, é até engraçado, de tão ingênuo, acreditar que a divisão entre as duas fosse o motivo do impasse, da paralisia, a razão de me pegar desejando coisas em que não acreditava realmente, especulando realidades que, se materializadas, só trariam complicação e dor. É realmente engraçado, pois em geral costumo subestimar minhas capacidades, e não o contrário. Eu devia saber. Devia. Mas não vi que a maior tragédia estava escondida, e até hoje é difícil aceitar.

A outra na outra cidade — no fim das contas, a que eu vivia —, por mais amada que fosse, servia de pretexto para aquela contenção forçada, aquele jantar inquietante e a falta de jeito entre nós. Ter outra mulher era um motivo triste, feio, ameaçador, mas subliminarmente mantinha uma esperança no ar, pois centrava o foco num primeiro obstáculo externo, e um que poderia perfeitamente desaparecer, ou ser removido. Mas havia outros. A falta de pique e dinheiro para enfrentar o caos aéreo e a extensão da via Dutra não desapareceriam só pela minha vontade; a falta de tempo insuperável, levando-se em conta as novas exigências profissionais à espera dela, e minha vida reconstruída, fornalhas escancaradas, lá e cá, de duas rotinas nas maiores cidades do país. Me enganei o quanto pude, mas a razão, pura e simples, ou fria e calculista, após sessenta dias com ela, e quinze anos depois de eu ter ido embora pela primeira vez, mostrava que o melhor mesmo era não permitir a nova ligação com uma antiga fantasia de lar.

Como na velha fábula de duas cidades, estávamos no melhor dos tempos e no pior, na idade da sabedoria e na da inconsequência, na primavera da esperança e no inverno do desespero; outra vez tínhamos tudo diante de nós e não tínhamos nada. Igualzinho.

O amor longínquo — quatrocentos quilômetros. Por mais que ela resistisse, apegando-se à outra como o principal impedimento, por mais que negasse, mostrando-se disposta a tentar vencer a barreira da distância, e por mais que tenha, de tão convicta, conseguido adiar até em mim a constatação. Mas um dia... E as noites jantando na frente da TV?, e a companhia casual que faz a diferença?, e o amor agregado no cotidiano?

Estou ficando velho. Não cínico ou conformista, imediatista. Não aguento mais projetar minha felicidade para longe, no espaço e no tempo de outra cidade.

Que belo filho da puta era esse Nina Rodrigues!

"Para onde você quer ir agora?"

Tal pergunta, feita por ela no carro, quando deixávamos o restaurante, ao amarrarmos nossos corpos com cintos de segurança, embora enunciada com displicência (e a displicência é mesmo uma arte em tais circunstâncias), entrou pela minha cabeça como um arrepio. Pensei imediatamente numa cama metafísica. Haverá algum santo remédio para a instabilidade afetiva da minha geração? Se eu, a cada vez que fosse para a cama com alguém, soubesse estar marcando minha vida para sempre, tudo seria muito mais previsível.

Sorri e suspirei: nosso carma agora estava traçado. Sugeri caminharmos na beira da praia. O Horto é perto do Leblon.

Enquanto o carro nos levava, meu bom desempenho no jantar, graças ao qual não só resisti aos impulsos que certamente nos machucariam mais, como também consegui fazê-la rir, foi me embrulhando o estômago. Não o reneguei, longe disso, o perdi. Perdi a leveza, fui enrijecendo, emudecendo, ficando intervalos ausente. A noite da ambiguidade, sinônimo de fim ou de última chance, estava terminando e acabando comigo. Quando nos veríamos de novo? Como estaríamos então? A consciência do momento indo embora me petrificava.

Ela ajudou, puxando assunto, mas eu ainda sentia medo da hipnose que provocava em mim. Meus olhos se refugiavam na vista da cidade silenciosa e da noite iluminada, e no asfalto, onde os rastros da chuva brilhavam como estrelas caídas. Nossa proximidade no carro me impedia de relaxar. Eu não estava seguro, mesmo preso pelo cinto anticolisão. Bem perto, vi suas mãos muito brancas no volante, de longe, vi a espuma do mar no escuro.

Do que eu estava fugindo, afinal? Da solidão de ter uma namorada em outra cidade? E o que era essa solidão? A solidão de ver minha terra natal se reaproximando sem me sentir pronto para voltar? E o que era essa solidão? A solidão de ver meus pais envelhecendo longe de mim? De ver minha infância cada vez mais desbotada? E o que era essa solidão? A solidão de um homem que não sabe quem é a mulher da sua vida? A solidão do passar do tempo? A solidão diante da morte? E o que era essa solidão? A solidão da vida mal aproveitada? A solidão da consciência de que uma vida só é muito pouco? (Tão aguda quando se tem dois amores.) A solidão de fazer opções, afunilando o destino mais e mais? Em que consistem todas essas formas de solidão? Na solidão que é chegar a esse ponto?

E se houvesse uma correspondência entre aquelas duas mulheres, aquelas duas cidades, entre meu passado e meu presente (que eu tanto gosto de separar)? A terceira aparição do drama, nesse caso, traria várias dimensões de vida enroscadas em torno de mim, feito aquelas cobras monstruosas que esmigalham nossos ossos.

Meus olhos fugiram para o horizonte noturno, imaginando como seria viver no Rio outra vez. Agora andávamos lentamente, quase em completo silêncio. As ondas estouravam poucos metros adiante, numa ressaca leve. Carros passavam, úmidos, como se o esforço do deslocamento os fizesse suar, ou talvez chorando de tristeza. Ela, linda e mais natural do que eu.

Ao entrar no seu quarto pela primeira vez — sessenta dias, três horas e vinte e cinco minutos antes, para ser exato —, reparei nas estranhas lembranças que ela costumava guardar dos lugares: ar de Paris, num vidrinho; pedaço do Muro, numa vitrininha de plástico; sal de Cabo Frio, num saquinho, detalhe, num saquinho rosa; névoa de Amsterdam, em outro vidrinho; cheiro de Portugal, num minilivro de poesia barroca; uma pena de fragata de Búzios.

"E do Rio? Não tem nada?"

"Você precisa?"

Também sabia ser dura. Aquela noite, quando eu já não sabia o que fazer, ela me puxou para sentar, num banco do calçadão. Obedeci, engasgado com o prolongamento suave da tristeza. A noite, a brisa, o cheiro do mar, a brancura da areia, o desenho ondulante das luzes; eram tantas belezas à minha frente, ao meu lado, e eu obrigado a não conviver com nada daquilo, tendo usufruído apenas de vez em quando, nas horas vagas das horas vagas, que não pude evitar um suspiro dilacerante, daqueles de esvaziar o peito e derrubar a cabeça. Ela sorriu e perguntou, metade carinhosa metade condescendente:

"O que foi, menino?"

Enquanto eu pensava numa resposta (ela era seis anos mais moça que eu), as palavras escapuliram:

"Estou lutando…"

Não queria magoá-la mais, e não conseguiria mais, sozinho contra tantas solidões, contra a impaciência do universo, massacre minimalista e radical, amar alguém à distância. Eu poderia ter proposto que deixasse para trás seu bom momento profissional. Só que já não fazemos propostas assim. Eu poderia ter voltado a morar no Rio, mas, aí, teria conseguido ser generoso o suficiente para amá-la depois de abrir mão da minha vida nova? Ou de que adiantava ser feliz nos fins de semana, se isso me desligaria do meu mundo tal qual eu o havia recriado, bem longe dali? De quê, eu ainda me pergunto, se essa felicidade, mesmo sem querer, diluiria minha biografia recente, numa ilusão nostálgica de alegrias no fundo não vividas.

"Lutando, ainda?"

Depois da praia, fomos tomar chá em seu apartamento. A ruptura latejando por baixo da amizade de mentira. Na inflamação, a dor pulsa junto com o doente. Eu não tinha forças para muita coisa, muito menos para resistir. Ela encompridava tudo, na falta de um fecho minimamente satisfatório; que também não imaginava qual seria, porém esperava com mais dignidade.

Quando entramos e ela acendeu o abajur da sala, revi o ambiente para o qual talvez eu nunca mais voltasse — aquela falsa amizade não podia dar certo. Na verdade, era uma surpresa estar ali, imaginava ter me despedido antes. Ela foi até a cozinha ferver a água, eu fiquei parado no meio da sala, e me senti amado, acolhido, mas traidor, magoando a quem me amava. Ela cruzou o ambiente e acendeu uma vela aromática. Circulou à minha volta e pôs música. Foi até o quarto e voltou com o corpo solto numa longa bata branca. Parecia uma fada, a encantadora fada cuja ausência tanto estragara o meu passado, talvez possível no meu futuro, mas que não pertencia, com triste certeza, ao presente. Aquela mulher não devia existir ainda, e no entanto, quando acendeu o abajur, ao olhar seu corpo contra a luz, indo além da transparência, todos os meus ideais de vida ganharam carne e osso.

Seriam os marcos biográficos, as decisões estruturais, as determinantes para a felicidade de alguém? Ou, como a música sussurrava a meia-luz, as causas da paz interior eram as pequenas coisas ao alcance de todos, as simplicidades que independem das grandes mudanças e a elas sobrevivem? O banquinho e o violão delicado, a voz macia, a cabeça fresca, uma bossa diferente, um novo jeito de andar, falar e mexer, a vista da janela, o Cristo de braços abertos... Não seriam mais decisivas coisas assim? O momento que não se planeja e não se repetiria, o chá quente, servido em canecas de cerâmica feitas por ela, a vela aromática, a presença da montanha, o sal do mar em minhas roupas, a umidade da floresta, o rosto amoroso voltado para mim, com dois pontos verdes brilhando a meu favor, o fato de ter nascido numa determinada cidade, num determinado país, vivendo uma determinada vida em outro lugar, e de não prestar contas quanto a isso, quanto a coisa nenhuma, a ninguém, nem a mim mesmo, principalmente, porque não adianta, não resolve, a roda não para nunca e é tudo uma engrenagem muito maior.

Não foi mais possível conter gestos, olhares, nada. Não havia mais por quê, nem como. Tudo estava dito e acordado. Todas as coisas estavam em seu devido lugar. Nossos corpos, finalmente, já podiam se despedir.

Polinização

A abelha esperava rente à folhagem rasteira, imóvel entre galhos caídos e fiapos macios de grama. Era abril, início da primavera mediterrânea. Fazia muito calor e o céu estava radiante.

Ele já chegou transportado pela excitação e pelo desejo, com seu zumbido sôfrego se espalhando pela floresta. Exímio rastreador de feromônios, foi se aproximando por trás, vendo crescerem o traseiro arredondado, maior que o resto do corpo, coberto de cerdas macias, em faixas pretas e amarelas, que refletiam a luz do sol, e as asas de uma delicadeza absoluta, furta-cor, translúcidas, feito um véu sobre o corpo convidativo. Era uma atração irresistível, e a abelha, dispensando preliminares, aceitou imóvel suas estocadas.

Levou algum tempo até o zangão perceber que algo estava errado. Aquela fêmea era... uma planta?!

Quebrado o clima, o único jeito foi sair voando, à procura de uma nova parceira. "Isso nunca me aconteceu antes", diria ele se pudesse, tão desconcertado que nem percebeu dois cilindros amarelos grudados em seu abdômen.

Eu larguei o botão do disparador e abri o sorriso largo de quem conseguiu todas as imagens de que precisava. Fazia apenas dois dias que estávamos na Sardenha e aquela era nossa primeira incursão pelas florestas da ilha. Ainda que por lá as chamadas orquídeas prostitutas cresçam quase como mato, foi muita sorte flagrarmos sua pseudocópula logo de saída, inteirinha. A bióloga responsável pelo trabalho até duvidou:

"Você tem certeza que pegou tudo?"

Tirei a máquina do tripé e mostrei. Cada etapa do processo, em foco, no quadro e em cores: a flor da *Ophrys*, com seu lábio inferior imitando direitinho uma abelha vista de costas, o pouso do zangão, suas estocadas abdominais, o humilhante logro sexual e, por fim, o momento em que as polínias, as duas bolsas amarelas cheias de pólen, se descolavam de suas hastes e grudavam no pobre macho ludibriado.

Salomé balançou a cabeça, satisfeita. Nos dois meses seguintes, ela iria avaliar meu desempenho em campo. Eu, ansioso por trabalhar na matriz de uma revista científica de circulação mundial, queria convencê-la o quanto antes de que era a pessoa certa para a vaga.

Comecei a recolher o equipamento.

"Você acha justo esse apelido de 'orquídea prostituta'?", perguntou Salomé. "A maioria das orquídeas recebe várias espécies de insetos durante a polinização, a *Ophrys* só atrai um tipo de zangão..."

Não respondi coisa alguma. Minha chefa, evidentemente, tinha opinião formada:

"Para mim, é sexismo dos biólogos, que não perdoam o fato de elas fazerem os machos de idiota."

"A especialista aqui é você, eu só tiro as fotos", respondi, guardando o tripé na mochila.

Ela olhou meio torto. Então me apressei a dizer:

"Pensando bem, eu concordo, o apelido é injusto. Sobretudo por um detalhe importante."

"Qual?"

"A realização efetiva da cópula é a única certeza com as prostitutas."

Outra orquídea, a *Cryptostylis*, atrai o polinizador emitindo um cheiro semelhante ao feromônio de um tipo de vespa. O zangão da espécie, porém, cai no logro sexual até o fim. Além de receber a carga de pólen, ele de fato ejacula na flor, desperdiçando seu esperma. Isso poderia ser considerado o cúmulo do mau comportamento adaptativo, não pudessem essas vespas reproduzir com ou sem o esperma do macho.

Já as flores noturnas da *Angraecum* produzem e guardam seu néctar no fim de tubos longuíssimos, onde somente podem alcançá-lo certas mariposas com línguas tão longas quanto. Para um inseto com menos de dez centímetros de comprimento, são até trinta e cinco centímetros de língua, que ficam enrolados feito um carretel retrátil, como uma trena, do lado de fora da boca. Para esticá-los até o fundo cheio de néctar, o inseto precisa posicionar a cabeça num determinado ângulo diante da flor, forçosamente esbarrando nas bolsas de pólen da orquídea e ejetando-as contra si próprio. Viscosas, as polínias grudam na hora. Quando a mariposa parte rumo a uma nova flor, já sai transportando a carga genética da planta para outros cantos da floresta. Mas pelo menos tem a recompensa da comida.

As orquídeas do gênero *Dracula*, típicas do Equador e adjacências, seduzem mosquitos e insetos variados ao produzir odores de fungo, carne putrefata, urina de gato e fezes. Outras espécies prometem abrigo em suas flores, tocas para os minúsculos animais, e outras ainda possuem estruturas que imitam zangões em voo, incitando o polinizador a um combate imaginário.

"Dá um pouco de pena das orquídeas que não usam polinizadores para reproduzir, não dá?"

Olhei para minha chefa intrigado:

"Por quê?"

"É como se fossem mulheres sem nenhum poder de atração."

Pensei um pouco, achando a observação curiosa, e disse:

"É... ou são como aquelas incapazes de se entregar."

Salomé ficou séria, avaliando.

"De um jeito ou de outro, são obrigadas pela natureza a se bastar."

Um mês se passou em pleno trabalho de campo, e ainda ficaríamos mais quatro semanas naquela batida, pagos para mapear as estratégias de polinização das orquídeas em seus habitats. Gringa e mais velha que eu, Salomé era extremamente reservada, quase misteriosa. Mas trabalhávamos em harmonia, pois tínhamos ambos paciência nas buscas e prazer no isolamento das expedições.

Certas orquídeas, embora não produzam néctar, também não são forretas a ponto de querer a polinização em troca de nada, aplicando truquezinhos baixos. No lugar do alimento, oferecem substâncias perfumadas, outro tipo de recompensa muito valorizado. Assim como nós, humanos, as abelhas, machos e fêmeas, utilizam o perfume das flores no processo de sedução. Recolhem um tipo de cera aromática e usam-na para produzir os feromônios com que atraem seus parceiros.

Embrenhados numa floresta no Panamá, levamos mais de seis dias para encontrar uma dessas espécies. Chovia, fazia calor e éramos impiedosamente atacados por uma variedade de mosquitos que faria a glória de um catálogo entomológico. Três pessoas no meio do nada. Eu, fechado na barraca, matava freneticamente as saudades da minha mulher. Salomé, como sempre, andava em volta do acampamento recolhendo amostras de animais, vegetais e minerais. O guia que havíamos contratado, um caçador com cara de inca, fumava um cigarro mais fedorento que uma orquídea *Dracula* no cio. Dava para sentir os feromônios cancerígenos à distância.

Quando a chuva parou, e após uma caminhada de duas horas pelo mato, finalmente encontramos a *Coryanthes* panamenha. A flor nascera dentro de uma moita, cercada por folhas em tons variados de verde. Suas pétalas amarelo-canário exalavam um perfume de especiarias adocicadas, combinando damasco e eucalipto, forte o bastante para atrair da mata ao redor zangões do tipo euglossina. Muito grossas, elas tinham uma textura brilhante e envernizada, se redobrando sobre si mesmas.

Montei o tripé, encaixei a câmera, ajustei a luz, a velocidade, acionei o zoom e o foco. Nas pregas da flor, os zangões competiam por espaço e pelo direito de raspar as patas dianteiras na superfície cerosa, retirando a maior quantidade possível de fragrâncias e esfregando-as em seu próprio corpo, numa toalete infalível para conquistar as fêmeas da espécie.

Mas essa farra toda tinha um preço. O labelo da *Coryanthes*, em forma de balde e cheio da mesma substância escorregadia presente nas pétalas, mantinha-se estrategicamente pronto para afogar qualquer inseto menos cuidadoso, que viesse a derrapar em suas paredes tão lisas e enceradas. Não deu outra. Um dos zangões logo caiu no poço melado, inutilizando temporariamente as asas. Para não morrer, precisava escalar de volta o corpo da flor, enfiando-se por uma passagem estreita. Atordoado e ensopado, ele se espremeu por esse túnel e, sem perceber, acionou uma estrutura feito mola, que lhe pregou nas costas um par de polínias. Após alguns instantes de secagem, ignorando a carga extra, o zangão foi embora. Como programado pela natureza, voaria sem rumo até achar outra *Coryanthes*, quando então cairia de novo no poço melado e, atravessando o túnel pela segunda vez, completaria a polinização, rasgando as mochilas de pólen nos ganchos que a flor desenvolvera justamente para esse fim.

Na ilha Celebes, que fica entre Bornéu e as Molucas, na Indonésia, aguentamos quase vinte dias de decepção e desconforto, até encontrar, agarrada num tronco, a última espécie da nossa lista. Na véspera, entre as folhas de uma samambaia local, tínhamos visto a fêmea de um louva-a-deus devorando a cabeça do macho, como elas costumam fazer após a cópula. Salomé fez o seguinte comentário:

"Alimentação e reprodução também são as duas únicas coisas nas quais eu penso, todos os dias da minha vida."

Àquela altura, completávamos quase sessenta dias longe de casa. Mesmo eu, que tanto queria o emprego, já não aguentava o processo seletivo infinito.

Quando finalmente bati os olhos na *Bulbophyllum echinolabium*, primeiro julguei estar diante de um mandarim do reino vegetal. Duas pétalas muito finas e compridas caíam do bulbo em direção ao mato, como barbichas num daqueles velhinhos de olhos rasgados. Suas outras pétalas, duas enroladas para cada lado e a última para cima, pareciam, respectivamente, os cabelos presos para trás e o chapéu muito pontudo do sábio chinês. No meio da flor estava seu rosto, pequeno e rosado.

Salomé, contudo, me fez enxergar a flor de outro modo. Primeiro, recomendou que eu fechasse os olhos e realmente sentisse o cheiro forte, indefinível, com o qual ela convocava os polinizadores.

"Agora preste atenção na pequena haste que sai da flor, entre as duas pétalas inferiores. Está vendo? Cor de pele, ou vermelho claro. Não é igual a um filete de cartilagem humana?"

Sim, era. E Salomé soube ver, dentro da minha cabeça, o instante em que a imagem se formou. Então disse:

"É o labelo. Ele fica preso no corpo da flor apenas por um pontinho. A menor brisa é suficiente para acariciá-lo, fazendo-o balançar. Viu?"

Eu vi...

Por fim, Salomé me alertou para o último elemento crucial na estratégia reprodutiva da *Echinolabium*:

"Repare na coluna, o centro da flor, como ela ganha um vermelho forte, cor de morango maduro."

Era verdade. A flor ali se abria em duas... em dois lábios, intimamente frisados, com bordas arroxeadas, em torno de um ponto pequeno, mais escuro, guardado no centro de seu corpo. Todo polinizador que se preze saberia exatamente onde mirar.

Ao voltarmos para Washington, esperei o resultado do processo seletivo. Mas não consegui a vaga na sede da *Revista Geográfica Nacional*. Sem emprego, acabei voltando para o Brasil. Pelas redes sociais, nove meses depois, vi que Salomé teve um filho com cara de inca.

Energia

Depois de ele cobrir a mesa de massagem com a toalha, ela desabotoa a camisa, deixando os ombros de fora, e deita de barriga para baixo. Seu rosto encaixa no buraco de couro plastificado.

"Não seria melhor tirar a camisa toda?"

Sem enxergar nada além do chão de pedra São Tomé, ela fica de olhos bem abertos:

"Estou só de biquíni por baixo."

"Isso é um problema?"

Ela não responde.

"Com licença..."

Ela sente o tecido roçando na pele. À medida que vai ficando descoberto, seu corpo se arrepia — as escápulas, o meio das costas e a parte de trás dos braços. Apressando-se a minimizar a ousadia, ele usa a camisa para cobrir suas nádegas e um pedaço de suas pernas.

"Está bom assim?"

"Melhor."

Mesmo deitada, ela continua de sandálias. Ao reparar nisso, com um riso contido mas audível, ele toma a liberdade outra vez:

"Essas definitivamente precisam sair."

É sempre assim. Depois de buscar a filha no colégio, quando ela chega no clube, o massagista já foi embora. O caramanchão perto da piscina está vazio e quieto sob as nuvens laranja do fim da tarde, as cortinas de lona crua estão abaixadas, as velas aromáticas sem chama, os frascos de óleo e as toalhas, enroladas com perfeição, trancados no armarinho de vidro e madeira clara, como numa vitrine, interditados aos sócios retardatários por uma fechadura digna de uma casinha de boneca.

"Você nunca fez massagem?"

"Já fiz, claro. Mas com massagistas profissionais."

Ele sorri.

"Eu sei o que estou fazendo."

"Eu é que não sei..."
Os dois ficam em silêncio. A brisa que passa é convertida, graças a um daqueles móbiles de feng shui, em sons metálicos e de efeito calmante, acompanhados pelo rumor fresco de folhas e flores balançando. Ela ouve o tubo de creme hidratante sendo apertado, as mãos dele se esfregando como dois gravetos, prontos para produzir uma faísca. Antes que a massagem comece, ergue o pescoço para ver a filha na beira da piscina, teclando no celular. A contusão, no entanto, não a deixa terminar o movimento. Arrependida, volta para a posição em câmera lenta.

"Minha filha vai pensar que a mãe dela... ela vai entender tudo errado."

Ele sussurra com a voz mais calma do mundo:

"Não estamos fazendo nada de mais."

"Você sabe como é a cabeça das meninas nessa idade."

"Pensa em você agora."

Ela dá um sorriso cético, com o rosto ainda enfiado na mesa de massagem. Então sente a respiração dele e ouve sua voz, sussurrando:

"Relaxa. Respira fundo."

Ela insiste.

"Mas você concorda que é uma situação meio estranha?"

"Que bobagem..."

Ela ouve os dedos dele estalando.

"Não é não."

"Eu já sou quase profissional. Assim, quem vai ficar intimidado sou eu."

Ela faz uma pausa. Ele sorri.

"Juro que você vai se sentir melhor."

Então ela ouve suas mãos se esfregando outra vez.

"Feche os olhos..."

"Eu não estou de olhos abertos."

"Está que eu sei."

Como ele adivinhou? Ela fecha os olhos a contragosto, lutando para mantê-los assim.

"Posso começar?"

Ela hesita, imaginando por onde ele pretende fazer isso.

"Pode."

Quando as mãos dele a tocam, deslizando por toda a extensão de sua coluna, ela fica arrepiada outra vez. Sente a pele chupando a umidade do creme e capta, no ar, um cheiro de amêndoas, além de alguma outra coisa que não consegue identificar.

"Você gostou desse creme? É de amêndoa e alfazema."

Ele adivinhou outra vez. Em vez de massagista, está mais para leitor de mentes, ou hipnotizador. Só assim para ela se deixar massagear por um qualquer, um desconhecido de fala mansa, que calhou de estar ali na piscina aquele dia, aquela hora. E enfrentando a censura silenciosa da filha. Só assim para fazê-la deitar de biquíni e de bunda para cima.

"Respira fundo e, bem devagar, solta o ar pela boca..."

Ele começa a massageá-la nos músculos doloridos dos ombros e do pescoço. Com a mesma voz sussurrada e tranquilizadora, diz:

"Relaxa... respira... não pensa em mais nada."

E põe um pouco mais de força na manipulação.

"Pensa no ar entrando e saindo dos seus pulmões."

Ela se lembra que, na adolescência, quando uma amiga contou que fazia meditação, tinha perguntado:

"E sobre o que você medita?"

A amiga riu da pergunta e explicou que meditar era justamente esvaziar a cabeça, não pensar em nada. Achou aquilo uma estupidez sem tamanho, o maior desperdício de tempo. Agora tenta, com empenho, fazer igual, mas não acredita realmente que vá conseguir.

O som metálico do móbile ecoa outra vez. Os dedos dele tentam entendê-la por dentro, apesar do emaranhado enrijecido de músculos, nervos e tendões.

"De uns tempos pra cá, volta e meia tenho essa dor."

"Todo mundo tem uma rotina estressante."

Ela suspira, contendo o impulso de abrir os olhos.

"Você trabalha com quê?"

"Eu não trabalho."

O estranho demora a responder, apertando com força os nódulos que encontrou na região das escápulas.

"Pelo visto, não trabalhar é mais estressante do que eu imaginava."

*

SARA

5 dias, de pura preguiça de carregar!

MARIA FERNANDA

6 meses, porque estava de castigo kkk 😜

ESTER

1 anooooo! 😭😭 perdi o meu novinho e meu pai não me dava outro 😣

SILMARA

estou com meu celular, mas não está conectando. então é como se eu nem tivesse. isso desde novembro passado

CAIO

fiquei um mês sofrido quando fui roubado. snif snif...

KELLY
 fiquei mais ou menos um ano, um ano e meio sem celular kkkkk 😂

GIGI COSTA
 eu ESTOU sem celular! minha mãe quebrou mais esta muito ruim n posso ver oq o meu boy está fazendo na rede 😩 😥

GIL ROCHA
 caraca! aguentei um mês pq ele não carregava e não tinha tempo de comprar outro.

DÉH PEREIRA
 6 meses sem cel até agora tão sozinho fora do mundo virtual

ISABELLA VASCONCELLOS
 umas 3hrs até dar sinal pro intervalo. foi o máximo desde que ganhei o meu primeiro. ♥

LARA DIAS
 2 horas, ele tinha desaparecido 🥺 🥴

ANA BÁRBARA
 acho que as pessoas que ficam fissuradas com celular não estão felizes consigo mesmas, sério. mas daí a falar mal delas… algumas pessoas só fazem isso por simplesmente ter uma vidinha medíocre e não poderem ver as outras pessoas felizes. então o que eu sempre digo quando alguém me julga é que estão com inveja, isso deixa a autoestima sempre lá em cima com certeza.

LARA

ficar conectada me deixa bem, parece que estou fazendo tudo certo mas claro sem me achar melhor do que os outros e pisar nas pessoas.

*

Ela está um pouco mais à vontade com a própria dor. Até consegue colocá-la em palavras:
"É como se eu tivesse bolas de gude embaixo da pele."
"E por que acha que ficou tensa assim?"
"Nada de especial. Eu sou tensa assim."
"Nada mesmo?"
"Pelo contrário…"
"Tudo bem com a sua filha, por exemplo?"
"Não. Mas nunca está."
"Como ela se chama?"
"Ana Bárbara."
"Quantos anos?"
"Catorze."
"E ela tem um temperamento difícil?"
"Nem sei mais…"
"Tanto assim?"
"Minha mãe dizia que mãe e filha são dois animais que devem ser criados em jaulas separadas."
"Minha mãe e minha irmã concordariam…", ele diz, rindo. "Você era muito rebelde ou sua mãe é que era muito brava?"
"Mais que tudo, éramos neuróticas."
Ela ouve sua gargalhada curta e pergunta:
"Você, tem filhos?"
"Não."
Depois de um tempo nas escápulas, as mãos dele voltam

aos seus ombros, flexionando os dedos com uma lentidão mais densa que antes, pressionando os músculos e amolecendo-os mais profundamente. Minutos antes ela não teria suportado um toque tão firme.

"Quando você sentir dor, solte o ar e mostre que está sentindo. Ela vai diminuir se fizer isso."

Ela pensa um pouco:

"Mostrar como?"

"Como você quiser."

Com alguma desconfiança, quando seus pontos doloridos são manipulados mais intensamente, ela começa a gemer e a esvaziar o peito de ar. É verdade, assim fica mais fácil aguentar a dor, mesmo quando as bolinhas duras sob sua pele teimam em não se desfazer. A brisa passa uma terceira vez, deixando no ar o mesmo rastro sonoro de móbile zen com farfalhar de folhas e flores. O creme hidratante torna-se uma membrana fria em seu corpo. Em seguida, o ar para, como se alguém tivesse desligado o ventilador, e logo a temperatura morna da tarde volta a predominar. Quando ela se dá conta, seus gemidos, antes pequenos e tímidos, se tornaram longos e independentes da sua vontade. Ele aprova:

"Assim..."

Através do desconhecido, sente cada osso do próprio corpo, adivinha o estado de cada músculo. Suas mãos parecem mesmo afrouxá-la, pondo alguma coisa para circular novamente. Sem conseguir explicar o porquê, ganha uma vaga confiança em si própria. Talvez seja a esperança de passar a noite com menos sofrimento. Tenta outra vez não pensar nada, desligar, se entregar. Por um instante, até consegue, ou acha que vai conseguir.

"Agora vire de frente, por favor."

Ouvir isso é um choque. Ela fica até com raiva, julgando perdido todo o relaxamento. Quando gira na mesa de massagem, seu pescoço está mais solto. A dor havia cedido algum terreno afinal, e não de forma passageira, embora não tenha percebido exatamente quando, ou por quê.

"Já melhorou um pouco?"

"Melhorou."

Seus olhares se raspam, mas ela desvia rápido, num reflexo agora não calculado de timidez. Já deitada e de olhos bem fechados, revive o suspense de não saber qual parte do seu corpo ele irá tocar primeiro. Então sente o linho branco novamente cobrindo-a da cintura para baixo.

"Quem é esse homem...?"

A divagação é interrompida por uma pinça firme, que agarra os tendões e os músculos do seu pescoço.

"Nossa... parecem cabos de aço."

As mãos dele trabalham. Num dado momento, quando aumentam a pressão, ela franze a testa, criando uma dobra de pele entre as sobrancelhas. Com um dedo, num gesto preciso, intenso e delicado ao mesmo tempo, ele encosta no ponto exato e faz o foco de tensão desaparecer como que por milagre.

"Continue respirando fundo. Não esquece. Mas agora, cada vez que soltar o ar, fala as cinco vogais, esticando cada uma."

"Como?"

"Esticando o som: aaaaa, eeeeee, iiiiiiii, oooooooo, uuuuuu..."

Ao ouvi-lo repetindo o mantra improvisado, com uma placidez que, como toda placidez, lhe soa falsa, ela tem vontade de abrir os olhos e rir.

"Aaaaaaaaaaaaaaa..."

É o máximo que consegue sem dar uma boa gargalhada. Ele deve ter percebido, ou adivinhado, mas repete o mantra muito compenetrado, inabalável, casando som e respiração:

"Aaaaaa, eeeeee, iiiiiii, ooooooo, uuuuuu..."

Quando o ataque de bobeira passa, ela finalmente arrisca

as outras vogais. Então percebe que os músculos do rosto não obedecem. O que aconteceu? Não é timidez, senso de ridículo ou autocontrole. Seu rosto está dormente, anestesiado, e de novo ela não sabe quando começou. Sua cabeça ameaça se revoltar, seu corpo, se render. Seus lábios, muito secos, grudam um no outro. A sensação de estar sem controle sobre si própria deixa-a inquieta.

Sem dar tempo para que se acostume, as mãos dele tocam seus ombros, espalmadas, e os empurram para trás, como se a partissem ao meio.

"Aconteceu alguma coisa? Estou machucando você?"

"Meu rosto... está dormente."

"Não se preocupa. É a tensão, espalhando antes de ir embora."

Atencioso, ele a massageia nas articulações do maxilar, depois nas maçãs do rosto e nas têmporas, recitando o mantra:

"Aaaaaaaa... Eeeeeeee... Iiiiiiii..."

"Quem é esse hom...?", ela divaga novamente.

"Está tudo bem", ele diz. "Não fica nervosa, não tenta controlar nada, só respira."

Ela tenta relaxar, mas é difícil. Percebe a dormência se irradiando para cada pedaço do seu rosto, num formigamento que se alastra. Suas pálpebras agora tremem, rebeldes; o oposto de anestesiadas, porém igualmente incontroláveis. Uma das sobrancelhas também dá uma fisgada.

"O que está acontecendo comigo?"

Ela pensa em se levantar e acabar com aquilo, mas não mexe um músculo. Solta apenas um longo suspiro.

"Bom... Ótimo... Solta o ar até sua caixa torácica abaixar, e estufa a barriga, abrindo o espaço entre as vértebras."

Ela esvazia o corpo de ar.

"Quanta coisa presa..."

A chama de uma luz antiga vem à sua mente — entre amarela e acobreada, trêmula, queimando lentamente e soltando espirais de fumaça —, mas ela não entende o que significa. As mãos dele, reabastecidas de creme hidratante, percorrem seus braços, suas costelas, sua barriga e, removida a camisa, suas pernas. Seguram, deslizam e pressionam, continuando a desmontá-la. Como nunca antes, sente-se entregue àquela modalidade alternativa de bem-estar, que embaralha a comunicação entre os comandos cerebrais e os músculos, que interrompe as descargas externas do dia a dia sobre o corpo.

Por um momento, tem medo de que suas fibras, inteiramente relaxadas, se diluam, que seu cérebro, completamente desacelerado, entre em pane. Tem medo de apagar ali mesmo, como se, em contato com algo que não controla dentro de si, em vez de reagir, simplesmente desligasse. Ela se imagina desmaiada naquela mesa de massagem, à mercê dele, ou fazendo xixi sem querer, no auge do afrouxamento corporal.

Agora, sem se dar conta, a cada respiração enuncia as vogais do jeito que lhe fora pedido, esticando os sons até o último sopro de ar. Pouco a pouco, sente-se entrando num mar sem ondas, que demora a entender. Um mar de sons. É tomada pelos menores ruídos, os mais sutis, que chegam de perto e de longe, como se alguém tivesse aumentado o volume do mundo — a respiração deles dois, a grama estalando depois do dia de sol, a brisa soprando as flores, a água da piscina batendo nos ladrilhos, o tique-tique das teclas no celular da filha, seu corpo se ajeitando na espreguiçadeira...

*

ISABELLA VASCONCELLOS
tipo e se for apenas um ficante que quer transar mas a pessoa ainda não está preparada? 📳

SARA

pensa muito bem antes de ir para os finalmentes com ele. e a conversa é a melhor coisa que existe conversa com ele.

CAIO

se é só um ficante vc não tem obrigação nenhuma com ele. se vc não quer transar com ele simplesmente diz não. se ele insistir, termina e pronto. relaxa.

SILMARA

eu não fiz esse drama todo essa enrolação, falei "não" e pronto e ele compreendeu perfeitamente eu acho.

ANA BÁRBARA

depois não reclama se não arranjar namorado.

SILMARA

e se ela não quiser um?

ANA BÁRBARA

sil, se ela não quiser namorado depende dela, só opinei no caso dela querer.

ESTER

eeeeuuu não quando acontecer não conto msm minha mãe vai ficar meio estressadinha e meu pai vai me dar a maior bronca 😨😳

LARA DIAS

não contei nunca e não vou contar tão cedo pro meu pai… tenho medo da reação dele

KELLY

eu não conto nada pros meus pais pq meu pai e minha mãe não tão nem aí

eh mt bom, mas nunca vo contar

LARA DIAS

eu sou mais verdadeira com a minha mãe, conto tudo pra ela, pois ela me entende e me da a maior força 😄 🍫

MARIA FERNANDA

contei na boa meus pais foram demais me apoiaram e falaram apenas que confiam em mim e sabem que vou fazer sempre de uma forma segura. amooooo os dois! afinal a educação que eles me deram e a abertura que eles me deram desde pequena me ajudou a assumir tão abertamente isso a eles

DÉH PEREIRA

isso e bom pra vc mais se meus pais souberem eles vao me matar

ALESSANDRA SOUZA

moro com meus avós não tenho muita intimidade com eles são muitos bravos eu tenho medo deles me matarem se contar. vão me botar pra fora de casa

ANA BÁRBARA

nunca contaria, minha mãe é conservadora, meu pai não quer saber, não ia dar certo. só contaria se eu tivesse que ir no ginecologista com ela, e não gostaria que ela soubesse pela médica. para piorar minha mãe é meio fofoqueira, quando eu menstruei, por exemplo, ela contou pra deus e o mundo. ODIARIA se ela fizesse isso com minha virgindade e certeza que ela faria.

*

A partir de uma certa hora, ela não lembra mais nada. Talvez tenha cochilado. Quando reabre os olhos, é como se o mundo estivesse embaçado, como se o corpo boiasse no esquecimento. Sente-se acordando de uma longa hibernação, descansada, rejuvenescida; não, melhor, sente-se dona de uma nova consciência corporal. A luz dourada, ainda presente, é um foco de paz e conexão com tudo em volta. Ele está acariciando seus cabelos, respirando fundo junto com ela, bem devagar.

"Tudo bem?"

Ela prolonga o quanto pode o momento. Está distante e sem firmeza.

"Eu dormi? Passou muito tempo?"

"Uns minutinhos, mas é bom relaxar completamente."

"Não estou sentindo nada, e estou sentindo tudo. É muito estranho", ela diz, sem se mexer.

"Não tem pressa."

Quando consegue sentar na mesa de massagem, fica ainda com o olhar perdido, sem falar. De repente, ainda mirando o chão:

"Você é uma alma velha."

Ele se espanta com a frase, mas sorri ao entender que é um elogio. Ela não sabe de onde tirou isso.

"Tenta mexer o pescoço", ele pede, demonstrando, muito calmo, os movimentos que deveria repetir.

Ela esboça os movimentos. Reconquistou, sem dúvida, a flexibilidade. Mas o que a domina mesmo é a sensação inédita de paz, a prostração restauradora. Então diz:

"Minha filha…"

"Quer que eu chame?"

"A gente precisa ir…"

Bem nessa hora, a filha se vira na direção dos dois. Com um gesto largo, ele pede que venha até o caramanchão. A luz azulada no rosto da menina se apaga. A mãe continua aérea.

"Você está bem para dirigir?"

Ela o encara, sem uma palavra, e faz que sim com a cabeça.

"Posso ligar amanhã, para saber como você está?"

Balançando outra vez a cabeça, com os olhos baixos, ela diz que não. A filha chega, com um ar de alívio:

"Até que enfim."

A mãe escorrega da mesa de massagem para o chão. Calça as sandálias por instinto. Tenta vestir a camisa sozinha, mas um dos braços não consegue encontrar o buraco da manga. Ele ajuda. Ela o encara:

"Foi muito bom."

Antes que vá embora, ele oferece:

"A gente pode repetir a massagem um dia desses, se você quiser."

A filha faz uma careta e sai primeiro, apressada. Ela se despede sem ênfase e atravessa a cortininha de lona crua. Enquanto anda até o estacionamento, continua respirando como ele havia ensinado. É um novo prazer, uma descoberta. Parece agora a única maneira autêntica, honesta, de respirar. Tem a sensação de que, até ali, apenas encheu e esvaziou o pulmão, num gesto mecânico e de repetição alienada, um impulso neurológico elementar. Todos os sentidos estão dilatados pelo simples ato de respirar corretamente; puxar e soltar, encher e esvaziar o peito, sem pressa ou angústia. O eco longo das vogais, a memória auditiva das hastes metálicas, inoculados em sua cabeça, prolongam a paz deliciosa. Ela anda sem peso, praticamente sentindo os átomos que separam a sola de suas sandálias do asfalto e das vagas pintadas no chão. Olha como que de cima para tudo, até para a impaciência da filha, abarcando flutuações que ela mesma não compreende.

Santuário da Lagoinha

A Ponta da Lagoinha está para as grandes enseadas como as capelas estão para as catedrais. No mapa, a boca de mar não passa de um entalhe da península. Quando se caminha da estrada até lá, a vista para o horizonte é bloqueada de frente por uma pedra imensa e, dos lados, pelo relevo caprichoso do litoral. O lugar, portanto, não impressiona pelo tamanho, chegando mesmo a dar uma vaga sensação de clausura, como se o visitante estivesse preso numa cela modesta para os padrões tectônicos. A princípio, o que o torna excepcional, um ponto obrigatório, é a riqueza da ornamentação.

Naqueles grandes corpos de rocha, predominantemente cinzentos, qualquer um logo percebe escorrimentos seculares, veios escuros e largos em cima, que se estreitam ao descer. Nossos olhos, ao acompanharem essas manchas, sensibilizam-se, e não podemos deixar de ver milhões de outros enfeites menores, multicoloridos e perfeitamente combinados uns aos outros, num festival de belezas minerais. Cada centímetro foi esculpido com minúcia, durante milhões de anos, para contar as histórias da Terra e seus mitos geoexistenciais. Não há quem não fique admirado, é impossível não ficar, diante da sobreposição de formas brilhantes e transparentes, esféricas e vermelhas, retangulares e verde-escuras, azuis e tubulares, intensas e faiscantes, moldadas pelo tempo e buriladas pelos ventos marinhos, equipe árida de artesãos da eternidade.

Mas as ricas paredes da Lagoinha, por si sós, ainda não justificam sua reputação, difundida pelos moradores da península, de cenário místico e poderoso. O barulho do mar, que vem de trás delas, instaura no ambiente uma espécie de pressentimento da vastidão. Nenhum visitante, por mais obtuso, permanece imune ao som infinito da água. É uma respiração gigante, tão imponente que até as pedras ficam alertas.

Ocasionalmente, restos de ondas deslizam por uma passagem entre as rochas, borbulhando sobre a superfície áspera como água oxigenada num machucado, para depois caírem num remanso. Este, com apenas vinte centímetros de profundidade, se tanto, é amplo o bastante para formar uma espécie de aquário, uma lagoinha propriamente dita, um espelho do mundo natural.

Nesse habitat isolado, de águas sempre claras e calmas, funciona um ecossistema completo — pequenos sargentos de uniforme amarelo com listras pretas, mantidos em suspensão por barbatanas vaporosas, feito medalhas esvoaçantes; estrelas-do-mar recém-nascidas, mas já com fortes tons de vermelho ou laranja; conchas vazias e cacos de conchas, antigas habitações de moluscos que não sobreviveram à transposição forçada; caranguejos em miniatura e pardacentos; folhas rasgadas e tufos de algas; manadas frenéticas daquelas baratinhas que vivem nas pedras. A luta pela vida, ali, entre os seres da minúscula cadeia alimentar, fica em exibição permanente, mas é apenas um sussurro.

Um escurecimento repentino fez André olhar para cima. O céu ia fechando, como Elisa tinha previsto antes de começarem o passeio. Um estrondo soou ao longe, depois mais um; trovões imaturos, nascidos na massa de nuvens que o sudoeste ia soprando para cima dos turistas. Nas encostas, os cactos-de-cabeça-branca e os arbustos retorcidos em breve ficariam mais verdes, menos duros e secos.

Elisa vestiu a capa de chuva. Mesmo agasalhada, pensou que deveriam voltar. Uma chuva fina começou a cair, o vento esfriou. André estava apenas de bermuda e camiseta, mas sentia um prazer difícil de explicar. Admirava a Lagoinha com uma intensidade que o distraía de tudo mais. A todo momento chamava a mulher, apontando feito criança alguma coisa dentro do charco de água salgada. Uma hora, ajoelhado, tirou do bolso uma bolinha de papel-jornal e abriu-a com cuidado. Pinçando no embrulho improvisado, pulverizou sobre a água algumas migalhas de pão.

Vendo-o alimentar os peixes, um pouco afastada, Elisa se consolou. Estava feliz por não ter sacrificado a filha no seu próprio medo. Passava fisicamente muito bem, graças às ebulições hormonais: o toque mais macio dos cabelos, a digestão facilitada, a pele cremosa. Nada justificava a angústia e a sensação de finitude, nascidas no exato instante da confirmação da gravidez. Nem as mudanças no seu corpo, nem o abandono temporário da faculdade, os medos e obrigações em relação à menina que iria nascer; nada.

Devagar, ela se aproximou do marido. André de novo baixara a pinça dos dedos em direção ao espelho de água fria, levando farelos ao pelotão de minissargentos, já reunido e ansioso. Dessa vez não largou o alimento e se recolheu; ficou com a ponta dos dedos na água, liberando as partículas de pão com uma doçura que Elisa nunca vira em outro homem. Os peixes bicavam sua pele como as finas gotas de chuva bicavam o rosto e as mãos dela. André sorria, encantado diante do que lhe parecia o milagre da comunicação entre diferentes classes animais.

"Você sabia que era para trazer pão?", Elisa perguntou.

Uma rajada de vento bateu em seus rostos. Um novo estrondo, agora mais forte, fez ambos se virarem a tempo de ver a espuma pairando acima da pedra alta. Instantes depois, um jorro de água nova contornou o corpo maciço, vindo escorrer junto a eles, para renovar o microcosmo da Lagoinha.

André propôs que subissem a pedra. Queria conhecer a vista mais elogiada por todos os guias de viagem. Elisa olhou para cima e viu as nuvens compactas, escuras, prontas para se derramar. Olhou para as encostas, viu a vegetação balançando. Na trilha por onde tinham chegado, os últimos visitantes iam embora.

"Vai chover forte..."

André não respondeu. Apenas tomou a mão da mulher e andou na direção que parecia a melhor para a subida. Elisa pensou em puxar a mão de volta. No entanto, mais que obedecer ao capricho dele, recusou-se a ter seus deslocamentos limitados pela barriga, a admitir que a maternidade, mesmo antes do primeiro choro, diminuía sua coragem de experimentar coisas novas.

Tomaram um caminho diagonal, suavizando a inclinação da pedra. A chuva e o vento apertaram um pouco. Na capa de chuva de Elisa, as gotas começaram a fazer um barulho engraçado. A meio metro do topo, André colou o corpo à pedra, firmou as duas mãos e ergueu-se, ágil. Uma vez lá em cima, esticou os braços até a mulher, puxando-a com cuidado.

Em pé no promontório da Lagoinha, Elisa entendeu a teimosia do marido e a fama da paisagem escancarada. O sol morria como num prisma giratório, decomposto pelas nuvens e filtrado pela cortina de chuva, que se movia no céu como um cardume de peixes no mar, rápida, coesa e imprevisível. Com um sorriso bobo no rosto, os cabelos revirados pelo vento, num tipo mesmo de euforia, ela sentiu mais a própria força. André também teve esse arrepio vital, respirando o cheiro intenso da maresia. Como acontecia com todos os visitantes, os dois tiveram vontade de gritar, simplesmente gritar, às alturas e às profundezas, e fizeram isso, às gargalhadas.

Três ou quatro metros acima da água, de um ponto intermediário na hierarquia natural, eles agora podiam observar a luta pela sobrevivência em tudo, e não mais em miniatura. Estava acima e abaixo deles, na minúcia decorativa das pedras, na geologia das escarpas, no aquário vivo e no gigantismo marítimo; na decoração da capela, na cor dos vitrais e no espaço grandioso da nave. Podiam assistir, sozinhos e com tudo incluído, ao glorioso martírio do planeta.

Planando rente às ondas, uma gaivota fazia a última patrulha da tarde, enfrentando a ventania. Debaixo d'água, as correntezas evoluíam e as criaturas oceânicas — peixes de imensa variedade, arraias, tartarugas, crustáceos, anêmonas e os grandes predadores — viviam alheias ao derramamento iminente na superfície. Ilhas distantes embrulhavam-se em névoa. Uma única nesga de azul surgia num canto superior da paisagem, espremida na massa gasosa, escura e úmida, que se retorcia do encontro do mar com o céu até bem alto sobre suas cabeças. Ao longe, três fragatas voavam em círculos, com asas longas e angulosas, sem pressa para buscar abrigo.

André e Elisa sentaram juntos no alto da pedra. Ele, carinhoso, pôs o braço em volta da mulher e, de olhos fechados, tentou se manter além de si mesmo. Foi interrompido pelas ondas, que num embalo denso investiram contra o paredão, esguichando rajadas brancas. O tronco de um coqueiro e algumas folhas rasgadas flutuaram por perto, devolvidos pelas águas. As escarpas em torno, lanhadas na secura da armação rochosa, mantinham suas cicatrizes altivas, mais uma vez enfrentando o elemento sem forma, o mar só volume, a cada minuto mais bravo e opaco, perdendo suas cores como o céu perdia luz. O dia definhava em forma de chuva fina, e a tempestade se armava.

Sustentando a grande pedra onde estavam sentados, uma laje erguia-se do mar, como a cicatriz de um antigo abalo sísmico. Quando as ondas recuavam, juntando energia para o próximo bote, a vida crepitava naquela rampa cortante. Algas frescas se agitavam, cor de alface, entre as cracas e os ouriços.

À direita de André e Elisa, a pedra do promontório caía abruptamente, formando com as escarpas uma toca de água selvagem, um poço agitado e voraz, onde o tom verde-escuro do mar clareava, tornando-se cor de jade, iluminado por alguma armadilha da natureza.

André nem imaginava a consciência mais aguda que invadira a mulher, mas Elisa tinha certeza de que a vida iria mudar, e seria impossível não mudar junto. Em situações como a que estavam prestes a conhecer, sem volta, mesmo quando alguém continua igual ao que era, muda, pois a realidade muda, e aquilo que se era ganha outro significado.

A enseada já estava completamente vazia. Nenhum turista, nenhum barco atracado, nenhum mergulhador. Só os dois, ali no alto, e, mais alto ainda, a tempestade, escolhendo o momento de cair com força total. A imobilidade das pedras diante da primeira chuva era de uma inteligência natural, assim como a adesão da luz, das ondas e dos ventos à inconstância generalizada.

"Agora vamos", pediu Elisa, apoiando-se na perna dele para levantar. André deu uma última olhada no mar lá embaixo, depois no horizonte, então levantou também.

O casal venceu o pedaço realmente íngreme da descida, debaixo de gotas cada vez mais duras de chuva, seguindo as mesmas diagonais por onde havia subido. Elisa teve medo de escorregar, mas, quando pôde, desceu sem ajuda. A chuva, no emborrachado de sua capa, começou a soar feito uma metralhadora de brinquedo.

A visão do poço fez André sair do caminho num impulso e puxar Elisa pela mão.

"Está chovendo, e vai chover mais", ela resistiu.

"Olha lá…"

Elisa sabia o que era: a água cor de jade, se debatendo como pedra derretida numa centrífuga gigante, sem tampa e sem fundo.

"Já vi."

André avaliou a conformação das rochas em torno, buscando um jeito de se aproximar. Elisa olhou também e constatou a óbvia dificuldade de fazer o que o marido queria.

"É perigoso."

"Por aqui dá."

Não dava, na verdade. Para ser superada, uma falha no caminho exigiria alguma espécie de força antigravitacional, feita de teimosia e coragem em doses perigosamente altas. As pedras no paredão eram cheias de lascas e lâminas; as ondas ameaçavam tomar posse de qualquer coisa que caísse em seu território.

Decidido, André agarrou a pedra onde estava, firmou uma perna e arriscou a outra até o lado de lá da falha. Encaixou o pé numa reentrância, depois esticou o braço livre e agarrou outra pedra no paredão à frente. A força da juventude era seu trunfo, mas era também a origem de sua inconsequência. Tudo ficaria mais fácil se a chuva parasse de cair em seus olhos, mas ele já estava quase inteiro no ar. Num segundo impulso, a outra metade do corpo atravessou. André e Elisa se olharam à distância, ele sorriu.

Em seguida, lentamente, aproximou-se do poço convulsivo e cheio de luz. Então ajoelhou, permanecendo imóvel por alguns minutos, quase em estado de meditação, enquanto admirava os choques das ondas na garganta de pedra. Algas carnudas, cor-de-rosa, penduravam-se na base das escarpas que formavam o poço, ora mergulhando nas ondas, ora emergindo encharcadas. Davam a ilusão de que um nadador teria no que se agarrar para subir a terra, mas aquelas esponjas, além de escorregadias, se desfariam ao primeiro puxão, e a força das águas acesas jogaria o coitado para lá e para cá até a morte.

Novos trovões estouraram, o vento rugiu e a tempestade caiu afinal. Elisa, instintivamente, abraçou a barriga com as duas mãos. Do lado de lá do promontório, André fez um sinal para a mulher e, assim como foi, começou a voltar. Firmou um lado do corpo onde estava, agarrando uma pedra, e lançou a primeira perna sobre o abismo, esticando-se todo. Seu pé, como um gancho lançado na ponta de uma corda, caiu bem diante de Elisa. Ganhando firmeza, ele encompridou o braço livre, agarrando uma saliência rochosa perto de onde estava a mulher. Sua alavanca.

Com toda a calma, juntou energia para o último impulso. A chuva forte atrapalhava, a ventania roubava um pouco de seu equilíbrio e as roupas encharcadas pesavam no corpo. Mesmo assim, tinha tudo sob controle. Pelo menos até que, na hora do impulso, a pedra-alavanca estalou e descolou do penhasco. André perdeu o apoio. Elisa sentiu como se fosse com ela. O corpo do marido veio até um futuro abortado e voltou subitamente, flutuando sobre o abismo num esboço de tragédia. Ficou como que sustentado pelas rajadas de vento. As correntezas lá embaixo se agitaram. André esticou a mão para a mulher, na direção contrária ao peso do próprio corpo, mas um alarme trancou as reações de Elisa.

Se agarrasse a mão do marido, ela pensou, acabaria arrastada para o abismo; não conseguiria salvá-lo e mataria a si mesma e à filha que carregava. De olhos arregalados, impotente, viu André sendo puxado pelo vórtice feito de ar, água, pedra e peso. Elisa pôde ver o instante exato em que ele também percebeu o quanto era frágil e perigoso todo planejamento, o quanto a morte podia ser sempre para já. Nunca estiveram tão próximos.

André olhou por cima do ombro, calculando uma volta desesperada. Tudo não durou mais que alguns segundos. Sua única opção era aceitar o recuo involuntário e, de algum jeito, encontrar no que estava atrás dele, invisível, a firmeza que a pedra e a esposa lhe haviam negado.

Elisa teve um pressentimento. E deu um passo para trás.

FAUNA

Concurso

Meu nome é Adamastor Ferreira. Tenho três livros na área jurídica: *Ação penal condenatória* (Saraiva), *Igualdade no direito processual brasileiro* (RT) e *Processo e cidadania* (FORUM). Nunca publiquei ficção. Quero usar o pseudônimo Lolita Costa. Tenho um blog sobre literatura e afins: www.lolitac.wordpress.com. Participo da Oficina Literária Lúcio Cardoso, em Minas Gerais.

Wagnerazz nasceu Wagner Sampaio Alves em 20 de dezembro de 1989 na cidade de São Paulo (SP), onde permaneceu até seus treze anos quando (por força maior) mudou-se para Piracicaba, lugar no qual encontra-se no momento. Possui um Blog intitulado *Mariposas em minha cabeça*, no qual publica textos avulsos de sua autoria. (http://mariposasemminhacabeca.blogsblot.com)

Fábio Antônio Dias Leal, nascido em Vitória, no Espírito Santo, a três de novembro de 1976. Ainda criança, mudou-se com a família para Cachoeiro de Itapemirim, também no Espírito Santo. Desde a adolescência esteve sempre envolvido com música. Além de tocar, compunha para as bandas em que tocava. Na adolescência, mudou-se para Vila Velha, ainda no Espírito Santo, onde formou-se no curso de Agronomia. A literatura tem sido uma paixão de longa data. Atualmente reside em Canoas, no estado do Rio Grande do Sul.

Alzira Caprina nasceu em 1982, em Santa Bárbara D'Oeste — SP. É professora-referência no Instituto de Estudos da Linguagem de Bauru. Escreveu as novelas infantojuvenis: "Rodolfo do Pântano que fica logo ali" (2013) e "Marcela, a coelha transgênica" (2015). Organizou a antologia de contos infantojuvenis "Era uma vez outra vez" (Editora Maremoto, 2009). Tem contos publicados em antologias, revistas e sites literários. Vive e trabalha em São Paulo. Mantém desde 2012 o blog: www.labirintosnoumbigo.com

Nivaldo Barros Leite, 52 anos, é alagoano de nascimento, mas vive em Brasília desde os 20 anos de idade. Trabalha como jornalista. Inédito, o autor também é formado em Letras pela Universidade de Brasília. Atualmente cursa Psicologia.

MEU NOME COMPLETO É ANDRÉ FELIPE MAURO. FORMADO EM JORNALISMO PELA PUC/SP, TENHO DOIS LIVROS PUBLICADOS, *O HOMEM INFELIZ*, PELA EDITORA IMAGO, E *NÃO FUI DIGNO DO MEU TORMENTO*, PELA EDITORA RECORD. JÁ FUI COPYDESK NA REVISTA *VEJA*. ATUALMENTE TRABALHO COMO REVISOR NA REVISTA *CARTA CAPITAL*. MEUS AMIGOS ME CHAMAM DE 3 EM 1.

Nathalia Wigg nasceu no Rio de Janeiro, em 1940. Dedica-se às profissões de escritora e paisagista. Livre pensadora, não é "formada" em coisa nenhuma. Teve contos, crônicas e poemas publicados em mais de 45 antologias. Recebeu o Prêmio Lions de Cultura — 1973, por suas contribuições à literatura nacional. Tem um livro de contos publicado e esgotado: "Paisagem de mim mesma."

Sou formada em Contabilidade pela PUC, em 2002, e trabalho free lancer com tradução e versão para cinema e TV há quase 12 anos e 6 meses. Ganho 25 reais por lauda de 2.100 toques. Escrevi e publiquei 24 textos em veículos alternativos durante os 5 anos de faculdade e 07 contos no Suplemento Literário de Minas Gerais, ao longo de 34 anos de vida. Este é meu romance de número 3, mas tenho 2 outros em preparo.

Ex-metalúrgico, ex-bancário, ex-gerente e atualmente professor de Filosofia no ensino médio e Mestrando em Filosofia da Linguagem. Comecei a escrever tardiamente, após a graduação. Esse volume de contos é o segundo que escrevo, e o primeiro imbuído da consciência lacaniana da linguagem. O outro, *Pão, café e o troco*, está em processo de revisão por uma editora de São Bernardo-SP.

Marcelo Ricardo Souza nasceu em 6 de junho de 1975 na cidade de Itajaí-SC e reside, atualmente, na cidade de Curitiba-PR. O autor é bacharel em Ciência da Computação (UFSC/1997) e mestre em Engenharia Elétrica (UFSC/1999). Trabalhou como professor universitário em Santarém-PA de 1999 a 2005 e exerce a função de policial federal desde 2005.

Lygia Maria Roncel tem 59 anos e é formada em jornalismo. Tem dois troféus, de prêmios literários ganhos aos 15 em concursos intercolegiais — um deles do Rotary Club. No currículo, tem duas pós-graduações — uma delas em Jornalismo Literário; a outra, pela Faculdade Cásper Líbero, em Teoria e Práticas da Comunicação. Trabalha como revisora em São Paulo, e tem um blog (www.decimavigesimadimensao.blogspot.com) no qual escreve de vez em quando para matar a sede literária. A palavra é a sua casa.

INSÂNIA é o título do primeiro romance concluído do autor. Euclides Ferraz nasceu na cidade de São Paulo em 17 de setembro de 1984, tendo se mudado para o interior aos dez anos de idade. Em 2008, cursou e se formou em música na Universidade Estadual Paulista (UNESP). Nos últimos anos, fez diversos trabalhos em música (violão e composição), artes plásticas, cultura popular e literatura, como poesia, romance, conto, crônicas e ensaios.

Luís Roberto Schiff estudou teatro e jornalismo na ECA/USP. Trabalhou nas editoras Abril e Globo e nos jornais *Folha* e *Estado de S. Paulo*. Participou da antologia "Péssimos Escritores" (Ed. Peste Negra, 2003), organizada por MC Explicadinho, e da segunda turma (2009-2010) do Núcleo de Dramaturgia do SESC.

João Batista Melo nasceu no Acre. Publicou as coletâneas de contos *O colecionador* (1999), *Swing* (2002 - Bolsa da Biblioteca Nacional), *As baleias do Igarapé*, (Ediouro, 1995 — Prêmio Terceira Margem) e *O inventor de estrelas* (Lê, 2001 — Prêmio Inventores-AC) e o romance *Terra de ninguém* (2007).

Apaixonada por romances sobrenaturais, fazendo da leitura a sua maior paixão, Pamella Barata adotou o curso de jornalismo e até mesmo um estilo de escrita diferente para tentar compor as suas histórias. Logo descobriu o amor que sente pela escrita, diz que sem ela não teria como esquecer um pouco a realidade. É apaixonada por rock progressivo clássico – YES, Gentle Giant, Pink Floyd etc. — e por batatas Ruffles.

(15 finalistas, o saldo da 1ª reunião do júri. Cada jurado indicava 3. Eu indiquei os meus. Ninguém repetiu candidato. Ai, ai… Próxima reunião daqui a uma semana.

PENSAMENTO ESTÉTICO DO DIA:
"Aqui podemos ver que está chovendo. Aqui podemos ver que está sol. Mas em nenhum lugar podemos ver a pintura."
Picasso, sobre os impressionistas)

1º dia

SENTIMENTOS EGOÍSTAS EXPLODEM, ESPRAIA-SE A LAMA DOENTIA DE REINHOLDZWYTTI SCHÉÉDLINHGGIWZTTI, TAMBÉM CONHECIDO POR R.S. ELE JAMAIS SE DESCOBRE INVEJOSO DE MARCA MAIOR; PARA R.S., É NATURAL O CINISMO E O DEBOCHE; EIS QUE É UMA CRIATURA DESGOSTOSA. RARAS BIOGRAFIAS PROSPERAM EM CIVITATIS, A CIDADE SITIADA NO ESTADO DE LISONJEICO, PAÍS DE TERRASALHEIAS. DESCENDENTE CAFUNEICO, R.S. SENTE UMA CHUVA POR DENTRO, ENQUANTO, SEM AFETO FAMILIAR, SEM AMIGOS OU PROPÓSITO, GASTA SUAS SETE VIDAS.

Não era uma quinta-feira como outra qualquer. Era uma quinta-feira em Islamabad. As linhas telefônicas do hotel estavam congestionadas. Ele ficou no saguão, andando e conversando até conseguir ligar para o editor do jornal em que trabalhava, quando então ouviu o seguinte:

— As notícias são mesmo as de sempre ou é você que não sabe apurar?

"... *Vem, vem sentir o calor, dos lábios meus, à procura dos teus./ Vem matar essa paixão que me devora o coração...*" — a voz e o violão do apartamento ao lado atravessam as paredes e chegam na minha sala, onde preenchem mais o ambiente do que os móveis ainda fora de lugar. Maíra se conecta imediatamente. Eu vi em seus olhos, quando pararam de brilhar e voltaram a brilhar de outro jeito. Mudamos hoje, estamos no vaivém caótico da chegada, entre a sala, os quartos, a cozinha e os banheiros, esvaziando malas e caixas e sacolas, estufadas de panelas e pratos e lençóis e talheres e roupas e sapatos e livros e aparelhos eletrônicos e tudo mais, porém eu sei que ela foi emocionalmente sequestrada. Nada do que eu faça mudará o curso dos acontecimentos.

(Três livros num dia; mantendo esse ritmo, acabo as leituras antes do prazo e vou para a próxima reunião com o dever cumprido. Difícil é manter...

FRAGMENTOS PARA FUTURO ROMANCE
"O garçom finalmente trouxe a comida, aplacando meu interesse antropológico pelos outros fregueses do restaurante."

"Avancei no espaguete ao sugo com o ímpeto necessário para fazer da minha camisa branca uma tela do Pollock."

"Algo precisava libertá-las da repetição doentia, como o peteleco que liberta a agulha do arranhão no disco."
(um vinil pode novamente ser usado como imagem literária?)

"O maravilhoso deixou de se opor ao conhecimento científico. Não é algo sobrenatural que me diz para ir além da realidade. É a realidade até aqui desvendada."

"No alto da montanha, ao começar a batalha, o corneteiro Hrundhi V. Bakshi toma o primeiro tiro. Instantes depois, um segundo tiro o acerta, seguido pelo terceiro e o quarto, mas ele continua de pé, dando o toque de combate. Logo o corneteiro é crivado de balas. Mesmo assim permanece vivo, entre gestos de sofrimento e caretas de dor. Em pouco tempo, para a guerra poder continuar, até o próprio exército a que pertence atira nele. Todo furado, esguichando sangue e trôpego, Hrundhi insiste em tocar a corneta. Até que cai, você pensa que morreu. Então vem, de trás de uma pedra:
— Fuéééé…"

UMA TIPOLOGIA DA HUMANIDADE, SEGUNDO MARIA HELENA
Fulano é "pinto moranguinho" [sem nenhum *sex appeal*]
    "dorme de cueca" [irritadiço ou deprimido]

Fulana é "sutiã sujo" [descuidada com a aparência]

Ele/Ela é "goiaba" [atrapalhado ou ingênuo]
    "pisa no buraco" [atolado ou distraído]
    "boca mole" [incapaz de guardar segredos ou
                              dissimular]

Pessoa que "não articula 'bom' com 'dia'" [burra, obtusa]

PENSAMENTO ESTÉTICO DO DIA:
"Wagner é o meu tipo de música preferido. Ele toca tão alto que você pode conversar o tempo todo sem ninguém ouvir o que está dizendo."
                                            Oscar Wilde)

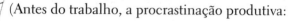

—————— 2º dia ——————

(Antes do trabalho, a procrastinação produtiva:

ESQUERDA	DIREITA
› cega pela ideologia	› anestesiada para a utopia
› soluções indolores e passageiras	› soluções amargas e duradouras
› patrulha a cultura	› menospreza a cultura
› liberal em questões de comportamento, dirigista na economia	› liberal na economia, dirigista nas questões de comportamento
› quer mesada do Estado	› quer mesada da Bolsa de Valores
› não acredita na escassez, só na distribuição	› não acredita na generosidade, só na produção

FRAGMENTOS PARA FUTURO ROMANCE

"O corpo fala o tempo todo, é cheio de vontades. Tem mil exigências alimentares, posturais, comportamentais, fisiológicas, sexuais, aeróbicas, anaeróbicas etc. Nunca dei ouvidos a ele, ou não ia fazer outra coisa. Até hoje valorizei mesmo foi o meu cérebro, para pensar, os dedos das mãos, para digitar o que ele pensou, e os olhos, para ler o que os dedos digitaram e devolver tudo ao cérebro. Por isso meu corpo me odeia. Não por superexigi-lo, ao contrário, por negar seu conjunto. Como num casamento que deu errado mas não pode acabar, ele não suporta mais a pessoa que eu me tornei."

"Se meus fenômenos psicossomáticos produzem doenças reais, e se tais doenças resistem a todos os tratamentos — fisioterapia, hidroterapia, *shiatsu*, meditação, Freud, Marx e Adam Smith —, elas logo se manifestarão de modo mais letal. A morte será produzida por mim mesmo.")

Desde a morte de seu José, numa tempestade que marcou a história da vila, Dora tem muito medo de chuva. Ela tem medo que outro barco possa virar, que outros pescadores também tenham o mesmo destino que o marido. A cada ano o seu medo da chuva piora.

Acordei lembrando de pouca coisa da noite passada. Pelado no sofá, tudo à minha volta uma zona. Uma garrafa de uísque no chão, com menos da metade, e outra vazia em cima da TV. Fui até o banheiro, sonhando com um pedaço de pão ou qualquer porcaria que tivesse piedade e me tirasse da boca o gosto de coisa morta. O que vi no espelho era deprimente, me embrulhou o estômago. Sentado na privada, esperei que tudo ficasse de novo mais ou menos normal, o que demorou um bocado a acontecer. Voltei pra sala e notei um caderno caído no canto do sofá. Com a minha letra, estava garranchado na última página: "Vagaba! Cachorra! Piranha!"

(Segundo dia, e já rendi menos. Só tenho mais cinco dias, ou melhor, quatro, porque amanhã não vai dar tempo de ler muito – nada, na verdade.

PENSAMENTO ESTÉTICO DO DIA
"Duas turistas no MoMA. Uma diz para a outra: 'Nós já vimos esta sala; eu lembro desse extintor de incêndio'."
Tradicional piada nova-iorquina)

 3º dia

(**TOLSTÓI SOBRE A *NONA SINFONIA* DE BEETHOVEN:**
"Sou incapaz de me imaginar entre uma multidão de pessoas normais que conseguisse entender alguma coisa dessa obra longa, confusa e artificial, com exceção de curtos pedaços que se perdem num mar de coisas incompreensíveis. E portanto, goste eu ou não, sou levado a concluir que esse trabalho faz parte da categoria arte ruim."

JOHN RUSKIN SOBRE REMBRANDT:
"A vulgaridade, a mesmice e a impiedade irão sempre se expressar por meio da arte, em marrons e cinza, como em Rembrandt."

Dois pensamentos edificantes e um rostinho de mulher para compensar o dia de muita coisa chata fora de casa e zero leitura.)

—————— 4º dia ——————

Para quem tem culhão de dizer: "Sou escritor!"
Eu posso falar do caralho a quatro. Sou mais uma bicha que escreve. Todas escrevem. Somos bichas mesmo sem dar. Mulheres bichas, homens bichas, crianças bichas e até viados e sapatões bichas.

Meu pai, politicamente de direita, mas sem um partido específico; eu me filiando ao PC do B. Apareci em pleno *Jornal Nacional* carregando faixa em favor da anistia. Na passeata, vieram com gás lacrimogêneo para cima da gente. Uma maneira "pacífica" de nos dispersar. Até hoje sou alérgica. Cheguei em casa sem saber que tinha sido filmada, então, além de intoxicada, fui posta sob interrogatório familiar, pois havia prometido não ir às ruas. Meu pai, em vez de gás, usou a palma da mão para sufocar minha crescente conscientização política.

Depois que Prometeu roubou o fogo dos deuses para dá-lo aos homens, todo roubo tornou-se justificável. Pensando assim, roubei Eva de Adão, Isaac de Abraão, Julieta de Romeu. Também roubei Golias de Davi, Abel de Caim, Fausto de Goethe, Emília de Lobato, Iago de Shakespeare, Trótsky de Stálin. Roubei Dona Flor de seus dois maridos, Jocasta de Édipo, Dorian Gray do retrato, o sol de Ícaro, o inseto de Kafka. Da mesma forma não escondo que furtei temas, situações, inspirações e citações de outros salteadores dos céus e das palavras. Em verdade vos digo, na qualidade de bom ladrão, a quem já foi prometido o paraíso depois da crucificação: não roubarás nem o fogo dos deuses, tampouco o pão dos homens (porque ambos já foram roubados).

Vitória tinha os seios fartos, mas depois dos dezesseis anos passou a escondê-los em camisetas sem decote, devido às estrias. Ela gostava de se olhar no espelho com roupas novas, mas não gostava de seu corpo. Suas coxas eram desproporcionais, dizia ela — bunda demais. Nada era equilibrado. Isso resultou, talvez, em seu temperamento. Quando explodia, ficava sozinha na sala. Seus lábios eram grossos, mas não fazia uso deles, pois se achava estragada.

Não aceito ouvir isso pela terceira vez! Tem que haver um motivo não identificado, uma razão, uma incompatibilidade. Tem que haver uma pesquisa, um exame fuderoso, que diga onde está o problema. Não é possível que a medicina atual, tão incrível, se contente com essa babaquice de "azar". No mínimo, a fim de marcar posição, defendi a troca de obstetra. Ontem V. finalmente concordou.

Até aqui, sua teimosia a impediu de perceber que o sujeito, desde sempre muito feio, vinha ganhando contornos macabros nos últimos meses. Cara de morto-vivo, olhos pretos e fundos, pele branca, jaleco branco, cabelo branco, tom de voz muito baixo e sinuoso, com a doçura pegajosa dos piores tarados, tufos de cabelo saindo pelos ouvidos... Uma criatura invadida pela morbidez, que se revelou inteiramente ontem, com direito a apoteose surrealista.

(Está difícil. Ainda faltam cinco livros. Mas já tenho um preferido, então chega por hoje. Vamos ao diversionismo.

OXIMOROS COTIDIANOS

inteligência militar
lógica psicanalítica
líquido secante
    [para lava-louça]
homem público
notícia velha
brainstorm
cara de bunda

smartmob
força vegana

ética jornalística
acarajé levíssimo
golpe constitucional
centralismo democrático

SINERGIAS ESTRANHAS

› Quando espirro, dói na região onde fui operado.
› Quando mato neurônios, relaxo.
› Quando uso camisinha, sinto falta de ar.
› Quando uso óculos escuros, fico surdo.

DOIS SIMILARES FONÉTICOS

Fucking Jim = foi quindim
Marble Arch = uma bolacha

POEMA CONCRETO DO DIA

Ruído
      de   R
Roído.

FRAGMENTOS PARA FUTURO ROMANCE
"Você quer um presente de ter ou de usar?"

"Os dois se conformaram com a ideia de, no caso deles, a vida e o amor não serem feitos um para o outro."

"Não quero a felicidade que decorre da vingança, e sim a vingança que decorre da felicidade."

"Rock é música de cidade. MPB é música de casa de campo. As grandes paisagens naturais pedem uma sinfonia."

"Os artistas mais interessantes não são os que refletem o seu tempo, são os deslocados no tempo. Para a frente ou para trás."

VOZES DA VIDA	**VOZES DA MORTE**
teclado do computador	vento passando pela fresta
lata de refrigerante abrindo	lata de refrigerante abrindo
castanholas flamencas	Elza Soares
chá fervendo	projetor de super-8
plástico bolha	telefone fixo
Buddy Holly	tomografia computadorizada
pão crocante	solo de xilofone

SEIS FRASES ANTOLÓGICAS DA LENA

"Não é que eu gosto do *Poderoso Chefão*. Eu concordo."
"Herodes tinha razão."
"Ela veio procurando colo e encontrou justiça."
"Não matei e não roubei."
"Minha mulher dá o cu por goiabada." [demonstração de extremo apreço por alguma coisa]
"Nunca facilite a vida do seu patrão."

Mais amanhã.)

───────────── 5º dia ─────────────

(Não, não é trabalho ainda…

A arte abstrata não existe. Nunca existiu. Toda arte é biomimética. Tudo é bioarte. Nada inventado pela espécie humana – uma forma, uma cor, uma textura – está ausente da natureza. Ela realizou antecipadamente todos os projetos estéticos.

  Gotas de chuva numa teia de aranha, ampliadas mil vezes, são iguaizinhas a uma escultura do Waltércio Caldas. Ovos de sapo, bolinhas dentro de bolinhas, aumentadas cinquenta vezes, compõem uma perfeita gravura da Yayoi Kusama. O miolo de nossos ossos esponjosos é uma escultura de parafina do Nuno Ramos. A variação da temperatura em volta do cubo de gelo é a foto perfeita de uma Tomie Ohtake, na fase da tinta acrílica. Carlos Vergara usa logo os pigmentos e as formas naturais como o eixo de tudo. Além deles, quantos, sem saber ou admitir, já pintaram o delta de um rio visto do espaço, ou esculpiram a imagem aérea de um deserto irrigado, ou transformaram uma farpa de mogno, quatrocentas vezes seu tamanho real, num cartaz psicodélico?

Agora sim…)

Títica chegou a Curiapeba ainda meninote. Juntamente com os pais — Santa Maria Pinta e Nina e Melquizedeque de Jesus Cristo da Costa —, não se sabendo ao certo de onde vieram. Uns diziam que da Paraíba e outros professoravam que vieram de São Paulo, por intermédio do pastor Genocídio Geronso.

Ambos pertenciam à igreja Jesus Virá, Aleluia! Santa Maria Pinta e Nina era uma mulher branca, alta, de olhos verdes, seios bem feitos, fornidos, cabelão preto batendo nas ancas, vestida quase sempre com roupas negras, compridas, que lhe cobriam as pernas cabeludas. Vivia cantando hinos da igreja protestante: "Vejo a tormenta, ouço o mar intenso/ O seu poder em manifestação./ Então minh'alma canta a ti Senhor/ Grandioso és tu/ Grandioso és tu".

Faz alguns anos, astrônomos do mundo todo se reuniram e decidiram que Plutão não era um planeta. Depois de mais de sete décadas contendo nove planetas, o sistema solar voltou a ter somente oito e Plutão passou a ser qualquer coisa menos um planeta. Curiosamente Plutão não reagiu. Plutão não mudou em nada, apenas continuou lá, com a sua órbita estranha em forma de ovo, sua lua desproporcionalmente grande e sua baixa densidade.

---------- 6º dia ----------

Ele queria que a velha castanheira fosse somente sua. Então escolheu o caminho dos animais: "Vou ser ave de rapina." Foi a última vez que falou a nossa língua. A partir daí, passava os dias empoleirado, observando, atacando e devorando pequenos roedores, lagartos e passarinhos.

— Há somente espectros em Auschwitz — disse o tenente russo.
— Espectros? — perguntou seu superior.
— Isso mesmo, espectros! Somente espectros sobrevivem em Auschwitz — respondeu o tenente.

O exército libertador, naquela tarde de agosto de 1945, entrou no campo de concentração.

Um dos espectros tinha um metro e oitenta de altura e pesava menos de trinta quilos. Eu o conhecia melhor que ninguém.

Certo pássaro, todo azul, caça a mosca. Aos poucos, com olhos bem redondos, bico fino, corpo bem desenhado, todo o seu pensar se manifesta em movimentos exaustivos do corpo e das asas. Então, fracassado, ele cansa. Pousa, ofegante, e acompanha a mosca com o olhar. Ela rodopia à sua volta, tripudiando.

(Tudo lido, na medida do possível.

POEMA CONCRETO DO DIA

Chá
Chá Xi
Chá   Xi
         Xi

PENSAMENTO ESTÉTICO DO DIA
"Buscar unidade em livro de contos é como chamar a namorada para a suruba e depois ficar com ciúme."

Eu Mesmo)

7º dia

(**MEDITAÇÃO MATINAL 1**
Um jornalista cultural, um professor universitário e um escritor. Sim, todos amam a literatura, mas não do mesmo jeito. O jornalista é atraído por: tema, tipo de personagem e pertinência cotidiana. O professor privilegia o índice de inovação da técnica narrativa e da linguagem. Já ao escritor, ao verdadeiro escritor, o que mais interessa é a emoção.

MEDITAÇÃO MATINAL 2; EM TRÊS TEMPOS
1) Durante a noite, numa floresta, você ouve sons produzidos por milhares de animais — dos grandes aos mínimos, dos carnívoros aos herbívoros, dos terrestres aos voadores.
2) "O Povo da Selva tem muito o que fazer na primavera, e Mowgli ouvia cada animal grunhindo, gritando e assobiando conforme sua espécie. As vozes ficam diferentes das outras épocas do ano, e esse é um dos motivos por que na selva a primavera é chamada de Tempo das Falas Novas."
3) Mário de Andrade *dixit*: "Não é porque eu não sou elefante que vou parar de respirar".

PENSAMENTOS ESTÉTICOS DO DIA
"A generalização está para a polêmica assim como o oxigênio para a combustão. Se uma coisa está ausente, a outra também desaparece."

Eu mesmo outra vez

"Essa coisa marrom? Esse é o seu Turner?"
Claude Monet sobre William Turner

ACRÉSCIMOS À TIPOLOGIA DA HUMANIDADE, À *LA* LENA
Fulano é um "come na gaveta" [egoísta, pão-duro]
    "sistemático" [cheio de manias]
    "camisolão" [submisso à esposa ou namorada]
    "tataca" [mais obtuso que o "goiaba", quase retardado]

Fulana tem "alma de puta"

Obs.: Fulano/Fulana "suou no bigode" [sinal de nervosismo, quando se enfrenta algum aperto]. Não é propriamente uma categoria à parte, pois todas as citadas acima podem "suar no bigode" conforme as circunstâncias, mas vale o registro.

IMPORTANTE – Nota para reunião do júri
Não esquecer de propor, como critério de desempate, os títulos dos livros finalistas. São eles:

Confrontos de uma psicofêmea
Retratos artificiais do amor
Nova história do sistema solar
Álbum do esquecimento
O pássaro azul
O último retrato
FUCA NO FUÁ
A invasão das feras
O prosopopeiógrafo
Abigail em Islamabad
Pela terceira vez
Vidas desnecessárias
Vozes de vidro
Esquece tudo
Pegada

14:30h – reunião final daqui a uma hora! 99 Táxi, o.k.

PÍLULAS SAMUEL GOLDWYN DE CONFIANÇA

"Eu admito que posso não estar sempre certo, mas nunca estou errado."

"Eu sempre fui independente, mesmo quando tinha sócios."

"Minha resposta para você é um talvez definitivo."

"Eu vou te responder em duas palavras: im-possível."

"Encontrem novos clichês!")

Movimento

No meu ramo, as festas acontecem. Tranquilamente. Até porque, festa mesmo sou eu que vendo. Mas ele comprava comigo desde que era pobre, bofe de ouro mas pobre, fissurado nesse pessoal de novela. E agora tinha virado a mais nova bicha da televisão.

Logo na chegada, falando com o Maurinho ainda, senti o drama. Os artistas mais velhos já não aguentam, e os mais jovens não querem porra nenhuma — tudo garotada. Pra fazer bem o papel, os meninos bombam, as meninas se turbinam, todo mundo faz tatuagem no rego e, na hora da festa, ficam dançando aquele tsi-tum-tsi-tum, bate-estaca do cacete. Nos quartinhos onde antes a gente se drogava, agora uns malandros fazem alongamento nas meninas, quase ninguém fuma e tem uns que nem bebem. E dá-lhe capa de revista, farelo de trigo e vitamina de mamão com açaí!

Peguei uma cerveja e filmei aquele ringue de peitos pesados. Assuntei com meia dúzia, depois desisti. O tempo deu um guincho, e ficou guinchando até ela aparecer na minha frente. Cabelo, peito, perna, cheiro, tudo de verdade. Parou adiante e também filmou a mistura de boate com academia de ginástica, bicando uma cervejinha. Como eu. Tinha três na cola, que pareciam estar meio paparicando, meio puxando pra dançar. Por pena ou pressão, uma hora ela foi. Continuei olhando. No meio da música, ela balançando devagar e com os braços para o alto, de olhos fechados, quase dava pra ver sua cabeça indo mais longe que o corpo.

Bem nessa hora rolou um contatinho, o único da noite. Acabou a música e ela descolou dos três, indo pra cozinha. Fui atrás. Ela parecia estar indecisa diante do estoque na bancada da pia: duas garrafas de uísque e duas de vodca. Eu abri a geladeira, entupida de cerveja.

"É isso aqui que você tá procurando?"

Ela me olhou séria e mentiu descaradamente:

"Não bebo álcool."

Só de pirraça, fingiu que tinha ido pegar água no filtro. Não entendi e não gostei.

"Lugar de gelo é no copo."

"Nem sempre."

"Na sala eu vi você com uma cerveja na mão."

"Era de um amigo, eu só estava segurando."

"E que tal um baseadinho?"

"Odeio maconha."

O Maurinho chegou atrás de bebida, todo alegre, e resolveu falar besteira:

"Ana, esse é o PAU-linho, meu parceiro, quer dizer, só meu amigo, infelizmente..."

Eu ri amarelo. Ela, achando graça, tripudiou:

"A gente nunca deve desistir do que realmente deseja."

"Faz quanto tempo que eu tento, Paulinho?"

O Mauro nem esperou a resposta. A música que começou a tocar na sala arrancou ele do chão. Até o copo vazio ficou em segundo plano. Ele saiu da cozinha aos pulos, cantando:

"*I'm coming out! I want the world to knoooow...*"

A Ana e eu rimos da figura. Mas a noite era dele, ninguém tinha nada a ver com isso.

"Começando de novo...", eu disse, "quer uma cerveja?"

"Não."

Raspei o indicador no nariz:

"E de um pozinho, tá a fim?"

Percebi que se assustou com a pergunta.

"Meus amigos tão me esperando."

E escapuliu da cozinha sem dar tempo de eu falar mais nada.

Achei que ela... Paciência, não quer, não quer; estava no

seu direito. Mas eu também tinha direito de partir pra outra. Um segundo depois, meu dedo se enfiou no botão do elevador.

Era sábado. Meia-noite e meia, uma hora. Cheguei na portaria do meu prédio sem porteiro. Em frente, o puteiro de luxo fervia. Eu fornecia pra clientela, um extra além dos fregueses de confiança. O dono me conhecia, ele sempre mandava uns taradões querendo cheirar, eu sempre devolvia uns cheiradões a fim de tarar, e todo mundo ficava feliz.

Subi no escuro os dois lances de escada do meu prédio sem elevador e abri a porta do meu quarto e sala. O Zeca e a Bia estavam onde eu tinha deixado, em pleno sermão da montanha branca. Dei logo dois tiros pro alto, pra sintonizar.

A Bia um tempo tinha colado em mim, dizendo que era amor. Claro que não. Eu simplesmente era o único que não estava nem aí se o nariz dela era meio grande, o corpo meio tábua. Transamos, mas pra mim era amiga, daquelas que nem dá vontade de olhar na hora que o decote abaixa (pelo menos não muita). Não que fosse feia demais, só o suficiente pra se atrapalhar e acabar misturando amizade com outra coisa.

O Zeca era o perfeito braço esquerdo. Não entendia a importância do trabalho. Ficava comigo no movimento porque tinha uma coleira presa no nariz e não sabia fazer outra coisa. Mas servia pra ajudar no varejo.

A Bia estava num solo comprido. Seu último caso veio cheio dos detalhes e das queixas de sempre; tinha dedo podre, não casou, não teve filhos, não teve sucesso em merda nenhuma. A gente ficou lá, ouvindo e falando da vida dela. Coisa de festa boa, de irmão.

O Zeca resolveu contar uma história também e passou um

tempão falando tudo bagunçado, de um carinha que fez não sei o quê, que saiu no jornal não sei de onde…

Dois clientes antigos chegaram, um do mercado financeiro, o outro editor de jornal. O da bolsa morava no maior casão; já tinha ido numa festa lá.

Quando chegou minha vez, falei da menina da festa. Reclamei que esse mundo ia mal de mulher. A Bia me olhou meio assim. Também nunca tive filho e nunca me acertei com ninguém, a paixão só fugiu mais rápido dessa vez. Fui falando e melhorando, com brilho, uísque, cigarro e nós três jogando lenha na fogueira. Foi crescendo dentro da gente a massa de vida e as vozes dos outros.

Duas e meia o interfone tocou. Zeca atendeu.

"É o Ricardo de novo, Paulo."

Só de ouvir o nome, fiz careta.

"Quantas ele pegou na semana?"

"Umas dez…"

Pensei um pouco.

"Deixa subir."

Esse ia levar. Quando entrou, puxei pro quarto e falei grosso:

"Quer morrer, seu escroto?"

"Calma aí, Braite. Que que eu fiz?"

"Mais de dez em uma semana…"

"Não foi só pra mim."

"Overdose de cliente fixo é mau negócio duas vezes. Se quiser, vai comprar em outro lugar."

"Semana que vem eu dou uma parada."

"Semana que vem é amanhã, domingo."

"Pois então…"

Não gostei. Ele percebeu, mas não desistiu.

"Hoje merece, Paulão, falando sério. Tem uma pessoa me esperando lá embaixo. Pode ver."

Cheguei na janela, vi o carro na frente do prédio. Tinha mesmo gente dentro.

"É o Beto?"

"Você não conhece."

"Ricardo, não vai fazer merda. A gente é amigo. Já conheci até teu pai e tua mãe."

"Se conheceu, então entende por que eu venho sempre aqui."

Eu ri dessa bosta. O Ricardo tinha umas piadas tão idiotas que eu sempre ria.

"Quanto você quer?"

"Tresinha…"

"É só pra hoje ou não é?"

"Duas, então."

"Uma."

"Uma pra cada um?"

Cara teimoso. A sorte era o corpo ser tão teimoso quanto a cabeça. Ele ficou feliz da vida:

"Esse é o Paulo Braite…"

Deu tapinha na minha barriga e tudo.

"A partir de amanhã, a fonte secou."

"Você manda."

Na sala, o Zeca e a Bia continuavam na função. Ele já meio bebum. Tinham despejado a alegria na bandeja térmica, mais preta e lisa que tudo. Em volta, o funilzinho de plástico, a colher miniatura, o cartão de crédito velho, o canudo cortado no jeito, os vidrinhos com as colheres na tampa, um isqueiro.

"Pega duas pro Ricardo."

O Zeca se levantou e foi balançando pro estoque, no quartinho dos fundos.

"É sessenta."

"Sente, Paulão, o jeito que eu vou te pagar é o seguinte…"

Olha só que merda?! Se pudesse, eu dava pó pra todo mundo, misturava na água da torneira.

"Só tem dois jeitos pra me pagar, Ricardo: dinheiro ou cheque. Qual vai ser?"

"Tô sem grana. Cheque já não tenho faz uma porrada de tempo."

O interfone tocou. Na certa outro pau-ralado, querendo gás no sábado à noite.

Ouvi o Zeca atender quando voltava do estoque. De repente, sua cara de sem-noção apareceu na porta da sala. E ele, tapando o bocal do interfone:

"É a garota da festa."

Aí fez um silêncio sacana. A Bia logo achou graça também, com uma ponta meio azeda, e foi escondendo a poça de pó. Levantei e fui atender. A voz dela apareceu no meio da chiadeira:

"É a Ana. A gente acabou de se conhecer, na festa do Mauro."

"Como você chegou aqui?"

"Ele me deu o endereço."

"Veio sozinha?"

"Vim."

Tem horas que a gente não pensa...

"Abriu?"

Ouvi que sim já longe, com ela entrando no prédio. Antes de sair da cozinha, pondo fora o suquinho aguado que tinha ficado no copo, preparei um uísque novo. Tomei um gole forte, na concentração, enchi mais um pouco e voltei pra sala. Sabendo exatamente em que ponto da escada ela estava, ouvindo cada passo da portaria até o segundo andar, não esperei a campainha. Apresentei ela pra todo mundo, achando sua cara meio estranha. Devia estar sem graça, ou com medo, sei lá.

"Quer tomar alguma coisa?"

"Brigada. Eu só queria falar uma coisinha rápida com você."

"Um uísque…?"
Ela sorriu, simpática, e brincou:
"Eu já não disse que não bebo?"
Nós dois rimos, o Zeca e a Bia boiaram, mas respeitaram. Então a Ana falou, meio pra dentro:
"O nosso amigo falou que você vende umas camisetas."
E eu iludido. Vai sonhando… Até demorei pra responder:
"Espera um pouco."
Ela levou um susto, acho. Fui seco. Mas, se veio só fazer negócio, entra na fila. Voltei pro Ricardo:
"E aí, é cheque ou dinheiro?"
"Tíquete-refeição…"
Minha vontade era fazer pescocinho do filha da puta.
"Se você preferir, Braite, na semana eu venho e troco por dinheiro."
Em outra situação, mandava à merda. A Bia disfarçou, prontinha pra rir da minha cara. Pro Zeca nem olhei. Antes de emputecer de vez, resolvi sair por cima:
"Eu acho mesmo que cocaína é cesta básica."
A Bia soltou o riso, a Ana riu disfarçado. O Zeca passou os papéis pro Ricardo, recebeu o bloquinho de tíquete e despachou. Então eu virei pra Ana e disse:
"Vem cá."
Lá em casa, quarto de dormir é sala de reunião. Fechei a porta e fui logo sacaneando:
"Camiseta?"
Uma luz pipocou nos seus olhos, rindo da situação.
"Não é assim que vocês dizem?"
"Já foi."
A Ana sentou na cama e puxou um cigarro da bolsa.
"E aquela história de 'eu não fumo'?"
Ela disse, achando graça de novo:

"É o meu primeiro maço na vida."
Tinha um jeito lindo de soprar a fumaça.
"Eu quero comprar pó."
"E eu quero cheirar pó com você", pensei, mas não disse.
"Pra quem?"
"Para mim, claro."
"E como você sabia que eu vendo?"
"Você me perguntou se eu queria, esqueceu? Depois o Maurinho confirmou e me disse como te encontrar."
"Por que você não ligou antes? Eu podia nem estar em casa."
"Eu ia embora da festa de qualquer jeito."
Fiquei na dúvida. Ela não, estava decidida:
"Quanto é?"
"Numa boa? É meio estranho você ter vindo aqui em casa. Do jeito que você… Não rolou antes entre a gente, né?"
Seus olhos pipocaram de novo:
"Fui muito má com você?"
"Não é isso."
"Me desculpe."
"Não é só isso."
"É o que mais, então?"
"É esquisito uma moça bem-comportada que bebe, fuma e cheira."
"Esquisito é você achar que eu sou bem-comportada."
"Ah, é sim. A gente vê."
Ela parou, pensou e disse:
"Você está com medo de eu ser sujeira?"
"Não…"
"Filha de delegado?"
"Nada disso."
"A filha biruta do ministro da Justiça?"
"Lógico que não."

"Então qual é o problema?"

"Eu nunca vendo antes de saber se o comprador vai usar direito."

Ela recuou e fez uma cara, me sacaneando. Também achei graça. Como se fosse verdade… Também acendi um cigarro.

"Me dá um gole?"

Passei o uísque. Ela sentiu primeiro, depois virou mais, se arrepiando toda.

"Você é cuidadoso assim com todos os seus fregueses?"

Eu olhei bem pra ela. Ela segurou um tempinho. Depois fugiu, depois voltou:

"Você quer que eu diga se já cheirei, é isso?"

"Só se for falar a verdade."

"Então me dá uma carreira. Ajuda a gente a se abrir, não ajuda?"

Esperta, ela.

"Vai dar ou não?"

Tirei meu vidrinho do bolso e pus na sua mão. Logo deu um tiro, eu dei outro, depois cada um deu mais outro.

"Só tinha cheirado uma vez", ela disse. "Queria experimentar de novo."

"Mas você tá legal?"

"Defina 'legal'."

"Define você."

"Vamos ver… Sou jovem, tenho carro, dinheiro, sou médica formada, rica de família, já tenho meu próprio consultório, amanhã é domingo e… ah, consegui me livrar de todos os chatos que estavam comigo lá na festa. Acho que estou legal, né?"

Tomei um gole de uísque.

"Continuo achando tudo esquisito."

Ela deu um sorriso:

"Eu também continuo achando você bem estranho."

Eu ri. Ela também, e continuou:

"Você acha que estou brincando?"

"É a cara que eu tenho."

"Bem estranha por sinal, e esse seu jeito…"

"Que jeito?"

"Ah, meio assim… sei lá. E o apelido, Paulo Braite? É tudo estranho."

"Você é que subestima o que eu faço."

E falei bem sério:

"Trafica não precisa ser igual a todo mundo. Precisa ser limpeza."

Ela ficou séria também.

"Você ficou chateado?"

E deu mais um tiro. Achei que valia o risco. Se aprendesse a gostar da minha festa…

"Mas vai começar de pouquinho."

"Eu queria umas cinco gramas."

"Ficou doida? É muito."

"Vou encontrar uns amigos. Preciso de pelo menos três."

Olhei bem pra ela.

"Você não precisa de tanto assim."

"Prometo que ninguém vai morrer por causa disso."

"Ana", quando falei o nome, ela até levou um sustinho. "Uma, e tá bom demais."

"Acha que eu também vou pagar com tíquete-refeição?"

"Pra sala. O Zeca pega teu papel."

Fui saindo, mas ela não veio.

"Posso esperar aqui?"

Eu disse que voltava. Acionei o Zeca, recebi o papel, voltei. Quando abri a porta, a gente meio se atropelou. Ela estava indo pra sala. Cacei os seus olhos.

A Bia, assistindo àquilo, fingiu procurar alguma coisa na bolsa, então se levantou e foi olhar a rua da janela. O Zeca foi atrás.

No que entreguei o papel, veio a pergunta de novo:

"Quanto é?"

"É cortesia da casa."

Ela, uma vez na vida, me olhou diferente.

"Às ordens", eu disse.

Ela agradeceu com a cabeça e foi saindo. Largou um "tchau, prazer" pro Zeca e pra Bia, que responderam, e desceu o primeiro lance de escada sem virar pra trás. Fechei a porta e fui até a janela. Queria ver ela entrando no carro. Abri espaço entre os dois, e claro que encarnaram em mim.

"Um dia acontece, com qualquer um", puxou a Bia.

"Quem podia imaginar que na festa do Maurinho…", devolveu o Zeca.

"Vão tomar no rabo vocês dois."

"Não me venha com falsas promessas", falou o Zeca pela milésima vez, sua piada preferida.

Risadinhas. Que se fodam. Aproveitando pra ainda se meter a besta, o Zeca mexeu comigo por uma coisa que nem tinha nada a ver:

"Bia, reparou que o Paulo desistiu de consertar a persiana da sala?"

Ela não entendeu logo, mas viu que era sacanagem e costurou pra dentro:

"Se os vizinhos vissem o que rola entre essas quatro paredes…"

O Zeca deu o fecho:

"Em vez de consertar a persiana, ele arranjou um binóculo."

Os dois riram de novo:

"A melhor defesa é o ataque", a Bia disse.

Eu estava ficando de saco cheio. Eles riram pela terceira

vez, feito duas garotinhas implicantes. Comprei um binóculo, e daí?

Os dois saíram da janela, eu fiquei. O Zeca não calava a boca:

"Paulo, vamo noutrazinha?"
"Já acabou o que tinha na pedra?"
"Hã, hã."
Mexi nos bolsos, sem tirar os olhos da rua.
"Deixei o meu no quarto. Pega lá."
O Zeca foi e voltou.
"Paulo, não achei."
"O meu vidrinho..."
"Qual?"
"O maior, porra."
"Não achei, porra. Você não quer ir olhar?"

Fiquei puto. Ainda ficava me imitando, caralho. Cresceu a vontade de dar uma porrada bem no meio daquela cara.

"Vem cá. Vigia pra mim."
Ele veio. A Bia, curiosa, voltou pra janela também.
"Quando a garota aparecer, me chama."

Fui até o quarto. Procurei em cima da cama, no armário, depois nos bolsos de novo. Procurei sem paciência tudo outra vez. Voltei pra janela da sala.

"Sei lá onde enfiei essa merda."
"Ih, ó o cara... Esse truque é velho, Paulo Braite."
"Zeca, não fode."
"Vai regular?"

Como não respondi, ele veio me apalpar, todo alegre.
"Dá um tempo, caralho!"

Eu empurrei pra longe, com força. Só aí percebeu que era sério.

"E a garota? Não saiu?", perguntei.

A Bia deu o boletim:

"Por aqui não passou."

"Como pode...?", falou o Zeca, já cavando as pazes.

Olhei feio.

A Bia foi a primeira a juntar os sumiços:

"Vai ver, Paulo, a garota pegou seu pó quando ficou sozinha no quarto."

Tinha que ser ela, sempre secando minhas histórias. Olhei mais feio ainda.

"Sei lá...", ela se defendeu.

A gente, na loucurada, nunca acha onde perdeu a festa. Ela se entoca e pisa em cima da fissura. Quantas vezes...! Fica todo mundo afobado, primeiro querendo não deixar que o sumiço demore, depois, preocupado com o flagrante. A festa parece que evapora. Era o mais lógico de ter acontecido, o mais possível e muito mais comum.

A voz do Zeca me cortou:

"É ela...!"

A Ana foi saindo do edifício, mas... tinha alguma coisa no seu jeito de andar. O corpo ia meio mole. No meio da rua, simplesmente caiu. Desabou.

Na hora, me bateu a outra ligação, que anula a onda e solta faísca pra todo lado.

"Zeca, vai na escada. Se achar alguma coisa, recolhe. Não sai do prédio, entendeu?"

"Eu, Paulo?"

"Você. Agora."

Ele foi, eu e a Bia ficamos na janela. Um carro chegou e, vendo o corpo se mexer atravessado no asfalto, buzinou, desviou e foi embora. Por sorte era tarde e a rua estava calma. A Ana, apagada, se torcia toda lá embaixo. Até que teve a primeira convulsão. A Bia assustou. A adrenalina esguichou geral.

O Zeca voltou correndo:
"Olha só!"
Seringa, colher, isqueiro, o papel que eu dei mais o meu vidrinho, os dois vazios. A Bia, vendo aquilo, surtou:
"Puta que pariu!"
"Foi tudo na veia", disse o Zeca, com a voz tremendo.
Ana, filha da puta, ia morrer bem na porta da minha casa. "Virei velho babão", pensei, puto comigo. A Bia apavorou de vez:
"Meu Deus, que que a gente vai fazer?"
"Vai pra casa, Bia."
"Você não vai socorrer ela, Paulo?"
"Eu?!"
Chato dizer isso, mas que jeito? Tomo cuidado pra nunca acontecer, mas depois não posso fazer porra nenhuma. Ia ter que assistir a menina morrendo.
"Então eu vou", a Bia disse. "Como é que eu saio daqui?"
"Não chega nem perto dela. Quando sair, não atravessa a rua, finge que não viu. Anda na nossa calçada e vira na primeira esquina. Qualquer coisa, você saiu da boate aqui em frente."
A Bia pegou a bolsa:
"Boa sorte pra vocês."
E foi. Apaguei as luzes da casa e me arrependi de nunca ter consertado a porra da persiana. Fiquei espreitando, o Zeca também. Torci pra Bia sair do prédio antes de alguém chegar. Finalmente ela apareceu na rua e andou rápido, virando a esquina. Eu e o Zeca sentamos no chão, de costas pra janela.
Passou um tempo e ouvi uma sirene, longe, mas vindo. Logo chegou gente lá fora em volta da Ana.
Senti mais raiva que medo. Uma raiva do caralho. Do Zeca, da Bia, da Ana, daquele monte de merda que acontece quando a festa dá errado.
A ambulância chegou. A polícia também.

"Paulo, socorro", o Zeca gemeu do meu lado.
"O pessoal da rua chamou. Não vieram atrás da gente."
"Como você sabe?"
"Meio da rua é meio da rua."
"Alguém pode ter visto ela saindo do prédio."
"E daí?"
"Daí que pode dedurar."
"Ainda não aconteceu."

Ficamos uns dez minutos ali. Silêncio e escuro dentro, fora um monte de luz e som. O teto lá de casa parecendo vivo, com faróis vermelhos e azuis rodando ele todo, procurando. O Zeca prendendo o choro. Outra sirene, mais luz no teto. Botei o nariz pra fora. Parecia filme, o segundo carro de polícia chegando, as cores brilhando na pele branca dos braços moles e no rosto apagado da Ana.

A polícia começou uma batida na boate. Era óbvio, ia acontecer. Todo mundo pra rua. Fui agachado até o quartinho e voltei, armado e com uns papéis pra mim e pro Zeca. Vai que o dono do estabelecimento entende o que aconteceu e fica puto? O Zeca afinou:

"Cê tá maluco? Vai trocar tiro com a polícia?"
"Fica quieto e não discute."
"Tô fora."

Olhei pra ele sem acreditar. A voz do infeliz tremia:
"Quero ir embora."
"Senta aí."
"Por favor, Braite. Deixa eu ir."
"Senta aí e cala a boca."
"Por favor."
"Você acha que não vão te segurar? Não vão perceber que você tá doidão?"

Escorria lágrima já naquele... sei lá.
"Tô com medo."

"Medo passa."
"Quero sair fora."
"Nem pensar."
"Se eu dançar, juro que não falo nada."
"Zeca, tô avisando. Fica aí."
"Eu juro."
"E desde quando posso confiar em você?"
Bati firme demais, ele se queimou:
"Fui!"
Nessas horas, o primeiro movimento é limpar a loucura da cabeça pra pensar direito. Só que fica impossível fazer isso. O segundo é buscar a decisão na própria loucura.
"Vai, então. Mas não acende a luz da escada."
Ele me olhou de novo. Viu que era pra sempre. Mesmo assim, engatinhou até a porta e o início dos degraus, então ficou em pé. Parou, respirou, tentando encaretar, secar o choro. Viadinho, traidor e burro. Aí fechou a porta e deu pra ouvir ele descendo o primeiro lance de escada. E de repente a porta abriu sozinha. Foi o destino também, além da decisão. Ouvi aquele guincho de dobradiça, vi aquele fiapo de um outro escuro entrando. Lá de fora, o Zeca me chamou com metade da voz:
"Paulo?"
Não era eu, fiquei quieto. Ele não voltou pra fechar a porta, claro. Dei um tempinho. Era minha vida em jogo, o meu jeito de viver. Fui de quatro até lá, olhei pela frestinha. Vi ele se cagando de medo, no escuro, meio andar abaixo. Nem escutava mais nada. Abri a porta sem barulho, ainda agachado. Ele nem me viu. Passei, me escondendo atrás da mureta do corrimão. Levantei feito sombra, com a mão cheia. E o Zeca ainda tentando encaretar. Como se desse. Fui chegando. Até que soprei no ouvido dele, bem baixinho:
"Cuzão..."

No que virou, cravei a coronha bem no meio daquela testa de merda. Ouvi o estalo do osso, quebrando feito ovo na quina da panela. O Zeca apagou sem um pio, foi caindo. Quando bateu no chão, vi a cabeça afundada e um buraco roxo e vermelho na pele. Um doce de leite escorreu dali de dentro. A raiva decidiu o resto. Caí em cima e mandei mais duas porradas, que abriram de vez o buraco. Tirei minha camisa pra limpar o chão — até que não fez tanta sujeira — e arrastei o peso morto de volta pra casa. Empurrei pra dentro. Agachado, fechei a porta e voltei pra janela. Encostei na parede, de costas pra rua outra vez. Acendi o brilho no tendão do polegar, uma taturana gorda que veio rasgando por dentro.

Como eu podia saber que a Ana ia fazer uma merda dessas? Ela parecia normal... triste normal. Faltava alguma coisa? Faltava, eu vi. Mas faltou tão pouco. O pior era o desperdício.

Mandei nariz acima outra centopeia. O azedo branco e bom veio ralando até o alto, funguei com a garganta, puxando para o meio do peito. Esfreguei os restos mortais do papel nos dentes e na gengiva. Eu podia ter ensinado a ela que a alegria da caretice não vale mais que a da cabeça feita. Se a da cabeça feita acaba mais rápido, está mais ao alcance da mão. E ambas são viagens. Eu podia ter mostrado que pó também é hóstia pra quem não acredita na igreja do Eu Sozinho. Com a minha fé, eu esquecia o sol lá fora. Porque só o pó tem poder. Com ele o tempo não passa, só ouve o que a gente fala. As festas furam a noite, a noite vira dia seguinte, manhã, meio-dia, tarde, noite, manhã, meio-dia, tarde e noite de novo, é uma festa sem fim que só acaba quando o pó acaba. O juízo dos fracos, que saem e vão fritar no colchão, que vão se arrastar no trabalho quando chega a hora, que não sei quem vai perceber, que faz mal ao organismo, que isso mais aquilo, eu desprezo. O medo de morrer é sempre medo de viver. Tudo faz mal pra saúde. Então o risco do pó era tanto quanto, e mais aberto pro outro, como eu prefiro. Sem juízo depois, sem ressaca. Gostando de cada detalhe; das janelas fechadas, do cobertor pendurado no lugar da persiana, da garrafa de uísque vazia, dos copos espalhados, do cheiro de cigarro nas roupas e no cabelo, do pó espremido nos retalhinhos de saco de lixo grudados com fita isolante, esparadrapo ou durex, marrom nos vidrinhos de bolso, poça branca no preto da bandeja térmica, na pedra de quartzo, brilho peruano colorido ou puro em escama, que de pouquinho era branco normal, mas que na pedra ficava azul-claro, meio fosforescente, kriptonita ao contrário. Eu não nasci traficante, fui classe média a vida toda e só entrei nessa vida porque gosto, porque quis.

Tequei de novo. A Ana usou a resposta pra deixar a pergunta ganhar. Tentei ouvir lá embaixo. Fechei os olhos, o corpo formigando, a cabeça indo e vindo. Era qualquer um apontar na direção da janela... Matar não foi tão difícil. Morrer é que ia ser uma merda. Mandei outra. Abaixo a saúde que só cuida dela mesma. Mal sentia meus lábios, mal sentia meu corpo, então apertei o revólver pra ter certeza que estava comigo. Se aquela noite acabasse ali, eu tinha o defunto pra desovar, a vingança do puteiro pra desfazer, a Bia pra trazer pro meu lado e, voando, o Maurinho, que sabia que a garota tinha ido lá em casa. Fiquei um tempão sem me mexer. Só os dentes apertando na boca, fazendo uns nós de osso embaixo da orelha. O jeito era torcer, rezar pra não dançar, mas sem me arrepender de porra nenhuma. O pó me levou pra conhecer a cidade todinha, e todo mundo dentro dela. Gigolô e chefe de família, puta e dona de casa, artista doidão pra cacete, playboy e não playboy, socialite e marginal. Não dá pra ter tudo isso sem uma coisa pra fazer o mundo abrir, sem uma cola entre as pessoas. Existem os que disfarçam e os que mostram, mas quem é quem o pó separa. Ele sempre me deixou ser eu mesmo. O pó faz quem vende, é quem vende. O pó faz quem compra. E podia ter feito pra Ana.

Aí bati o olho na arma. Se era pra dançar, eu ia dançar mais louco ainda. Derreti um pouco na colher que ela largou na escada, puxei pra dentro da seringa, puxei um teco de sangue, dei uma balançadinha pra misturar, aí joguei o caldo vitaminado de novo dentro de mim. Tirei a agulha do braço sem dor, farpinha na pele grossa do pé. Fiquei lá um tempão.

Paraíso

Um amigo meu me disse que, apesar de gorda, tenho peitos durinhos e bons de pegar. Ele era bicha, claro, por isso se deu o trabalho de experimentar. Fui a única mulher com quem transou na vida. Estávamos em Campos do Jordão, num feriado. O hotelzinho era longe do centro, simpático e, de repente, até romântico. Ainda ganhei flores no dia seguinte. Uma pena foi esse amigo ter desistido da fruta já naquele domingo, quando se pegou folheando uma *Playboy* na privada. Era machice demais pra cabeça dele.

Brigo com o meu corpo desde que nasci; uma Dora em pé de guerra consigo mesma. No começo, nem tinha nada a ver com gordura, pelo contrário, nasci mirrada e doente, com sopro no coração. O pediatra quis operar e fazer um daqueles rasgos boçais no meu tórax minúsculo, me deixando para todo o sempre com uma cicatriz gigantesca. Escapei graças ao segundo médico consultado. Ao invés de abrir minha pobre carcacinha, ele apostou no fechamento natural do sopro e recomendou cuidados, entre eles um regime de engorda, pois era o problema cardíaco que me impedia de ganhar peso. Minha avó, uma velhota menos otimista, sempre dizia que "a Dorinha não vai vingar", porém meus pais estavam topando qualquer coisa para me livrar da carnificina.

Além de magra feito um palito, eu tinha orelhas de abano, cabeção, olheiras e bochechas fundas. Começando a engatinhar, eu suava em bicas a cada metro percorrido, cansava à toa. Um dia chegou uma babá nova lá em casa e no colo dela comecei a comer feito gente grande. Transformação radical. Tatiana da Silva Mendes, ou apenas Taiá, como eu a chamava desde pequena. O milagre do amor mais desinteressado que pode haver, pois nenhum salário pagaria todas as atenções e carinhos que ela me dava. A mulher tinha um jeito misterioso de botar a comida na minha boca. Depois de um ano e pouco de fragilidade, comecei a pegar corpo. Engordei, engordei e o sopro acabou fechando. Ser gorda foi uma questão de sobrevivência.

Durante os primeiros anos a gordura nem incomodava, toda a casa me incentivava a comer. Numa operação conjunta, a babá, meus pais e também a cozinheira satisfaziam todos os meus desejos gastronômicos, revezando-se na cevação da criança. O pecado da gula não existia para mim. De manhã eu comia uma fatia generosa de bolo branco, ainda quentinho do forno e emplastrado de requeijão (uma receita dessa avó pessimista de quem falei). No lanche da tarde, que eu nem precisava pedir, tinha à disposição delícias sortidas, doces e salgadas, sendo que eu preferia sempre as doces. De noite, também sem precisar pedir, vinha o nescauzinho gelado. Fora o almoço e o jantar, claro.

Meu doce preferido sempre foi casadinho de goiabada, o que não quer dizer que eu renegasse canudinhos de doce de leite, brigadeiros com granulado colorido, pudins de leite ou de pão, manjares de coco com calda de ameixa e açúcar bem queimada, tortas de chocolate recheadas de creme de morango, fios de ovos bem úmidos, ovos nevados, papos de anjo bem gordos e afogados na baba de moça. A Maria cozinheira dizia que era para eu ficar forte que nem o Popeye, e não fazia nenhuma diferença o fato de eu ser menina e de o verdadeiro energizante do Popeye ser espinafre, superdietético.

Havia duas receitas sagradas no meu altar: o bolo de Natal e o de aniversário. A do bolo de Natal vinha da minha bisavó, e a santa Maria aprendeu e perpetuou a tradição. Parecia um bolo de nozes, mas com um diferencial importante, que o deixava mais leve que o bolo de nozes comum: a massa não levava farinha, era feita apenas de nozes, castanhas e avelãs moídas. Coisa de cidade do interior, onde as pessoas moem pessoalmente suas doçuras de família. Aquele bolo só pesava depois do quarto pedaço, mas aí a culpa não era da massa. O outro bolo, o de aniversário, eu aprendi a fazer. A receita completa produzia um monumento calórico de quatro andares — bolo branco, bolo de chocolate, branco de novo, chocolate de novo e, entre cada um deles, recheio de brigadeiro. Na hora de escolher a cobertura, enquanto lambia os restos de massa na batedeira, eu me via obrigada a fazer uma cruel opção: o glacê de suspiro deveria ter raspinhas de casca de limão ou granulado de chocolate?

Também eram ótimos os salgados feitos para a "Dorinha se alimentar". No entanto, embora maravilhosos, os salgados não deixaram marcas tão profundas no meu paladar, na minha silhueta e na minha personalidade, se é que essas três coisas não são mesmo uma só.

Meu pai não ficava atrás da minha babá e da cozinheira quando se tratava de me entupir de guloseimas. De suas mãos, diariamente, eu recebia pacotes de bala e chicletes. Ele próprio era bastante gordo e chegado a uma gordura trans. Quando viajava para a capital a trabalho, voltava com chocolates importados que eu nunca tinha visto, desconhecidos nas padarias e botequins de Osvaldo Cruz, onde morávamos. Eram verdadeiros objetos de fetiche para mim.

Minha mãe, a única magra de nós três, teve seus pneuzinhos na infância — tempos felizes quando costumava devorar o próprio mingau e, escondida dos meus avós, ainda traçar os mingaus de meus dois tios magricelos. Mamãe me entendia muito bem, portanto, e meu quadro cardíaco legitimava a comilança. Ela, contudo, emagrecera muito depois de adulta, e mantinha-se como a mais elegante da família.

Pena foi meu regime de engorda ter se prolongado por tempo demais. Taiá ficou lá em casa até eu ter quinze anos, a Maria só se aposentou quando fiz dezenove. Mesmo sem elas por perto, os vícios alimentares estavam pra lá de enraizados. Continuei comendo, comendo, comendo.

Resultado, trinta e seis anos depois? A extinção do sopro cardíaco e os cento e quatro quilos que carrego no lombo. No lombo, na cara, no pescoço, no braço, nos peitos, na barriga, nas pernas, na bunda...

O tempo passou, eu cresci, virei adulta e fiz faculdade de Medicina, com especialização em Anestesia. Minha babá morreu à beira-mar, lá para os lados de São Sebastião; a cozinheira voltou para Três Corações, sua cidade natal, em Minas, depois morreu de osteoporose aguda, praticamente desmanchando na cama, segundo o relato de um sobrinho; e meu pai, beirando os cento e vinte quilos, acabou sucumbindo a um ataque cardíaco fulminante, provocado pelo esplendor da glicemia sanguínea e do colesterol em suas veias e artérias.

Eu vim para São Paulo fazer faculdade e trabalho hoje no Hospital das Clínicas. Minha mãe continua lá em Osvaldo. Nos falamos sempre e, quando consigo, vou visitá-la. Mas é longe demais. E até hoje, naquela casa, não fico um minuto com os maxilares em repouso. Mamãe agora vale sozinha por todos que já se foram. Tasca comida na menina. Tudo bem, mesmo que o sopro tenha fechado há séculos, mesmo que a gordura atualmente jogue contra a saúde, estou resignada. Adoro comer. Além de anestesiar os outros, é o que faço melhor.

Nunca vou ser magra, não adianta, já tentei mil dietas — da Lua, de sopas, fibras, frutas, proteínas, Beverly Hills, com remédio, sem remédio etc. etc. Cheguei a frequentar por um ano uma espécie de Obesos Anônimos, que me deprimia a cada sessão, e até fiz esporte, a suprema chatice, mas os exercícios davam uma fome...

Numa dessas fases de tortura prolongada, perdi vinte quilos. Parece muito, mas não é nada. A diferença entre mim e as meninas normais ainda era tanta, continuavam tão distantes aquelas pernas esguias, os peitinhos empinados, as barriguinhas irritantemente secas e cheias de gominhos... Preferi parar de sofrer. Sou assim e ponto-final. Paciência se nenhum homem deseja o meu corpo, na próxima encarnação vou nascer atriz de filme pornô, aí tiro o atraso.

É compreensível ninguém querer trepar com uma gorda. É mentira alegar que sexo é uma questão de atrito e que, portanto, quanto maior a área de atrito maior o prazer. Tudo conversa fiada.

Desde adolescente, quando os hormônios começaram a exigir, eu me satisfaço sozinha, lascando a porcelana quando acordo e de novo antes de dormir, religiosamente. Emagrecer é muito mais difícil do que enganar o instinto. Claro, tenho tesão por um homem ou outro que vejo na rua, mas, com a minha ração diária, bloqueio esses desejos humilhantes, que terminam sempre numa fossa miserável, numa doída sensação de impotência e abandono.

A felicidade sexual autônoma é perfeitamente possível, embora não seja bem-vista, ou melhor, embora seja menosprezada pela tirania dos magros. Sofro discriminação, com certeza, mas vou em frente. Sou como os zoófilos, necrófilos, coprófilos etc. Nasci num tempo e numa sociedade nos quais a forma que encontrei de ser feliz não é bem-aceita. Os tarados são presos ou internados, eu, mulher e gorda, sou ridicularizada. Ora, não tem gente que gosta de trepar amarrado, de levar tapa na cara, de cera quente nos mamilos? Eu também acho isso tudo muito esquisito, ou doído, ou mesmo deprimente. Se não sou melhor que ninguém, também não sou pior. O imaginário é uma fonte de prazer inesgotável, muito mais cheia de possibilidades que o sexo a dois, ainda mais quando se pesa cento e quatro quilos. O imaginário é tudo. E, quanto à solidão, o mundo se ilude achando que ter outra pessoa na cama acaba com ela. Posso estar errada, mas duvido disso, duvido muito.

Eu me libertei da tirania dos padrões de beleza da sociedade de consumo. Não me deixo mais estimular pelas figuras que a mídia esfrega na nossa cara, explorando nosso instinto sexual a ponto de elas se tornarem uma obsessão patológica, uma lavagem cerebral. Não há um tipo de homem que, por convenção, me atraia. Seja ele forte e queimado de praia, moreno de olhos verdes, louro de olhos azuis, "maludo" ou coisa que o valha. Simplesmente não me afetam mais os slogans e as mensagens subliminares.

Em última instância, é uma limpeza étnica que a mídia prega. Ela quer a morte dos narigudos, dentuços, espinhentos e feios em geral. Mas, acima de todas, a morte dos gordos. Os gordos ameaçam porque realizam fisicamente a grandeza de sua personalidade, enquanto os magros desperdiçam-na no jogo sexual. Conheço o meu poder.

Acho as pessoas bonitas, no fundo, muito azaradas. A consciência da própria beleza, inevitável, é uma espécie de fruto proibido, que detona um processo de exacerbação da vaidade capaz de corromper o mais humilde dos seres humanos. As mulheres bonitas são pessoas piores, mais fúteis, menos generosas, menos espontâneas, e há quem diga que são até as mais solitárias de todas. Na minha opinião, a beleza física é um veneno existencial.

Toco a vida, dando ao sexo o espaço satisfatório, que me deixa mais leve para trabalhar, fazer meus plantões e cirurgias. Afora a rotina profissional, saio com as amigas e vou, devagar, montando meu apartamento. Ponho nele todo o meu dinheiro. Tem três quartos, um com armários repletos de sapatos (uma das minhas paixões), uma sala generosa, uma cozinha de revista — superequipada, outra fissura minha, mais completa que a da Ana Maria Braga e a do Master Chef juntas — e um quarto de empregada que transformei em escritório. Moro numa rua simpática, n. 52, apartamento 104, no décimo e último andar. Fica no bairro do Paraíso.

O caçador

Não, veja bem, é lógico, né, eu falo assim, cada um tem um tipo, cada família tem um, um jeito de viver. Então, objetivo? Vamo dizê assim, como eu falei, então seria... que eu tô pensando... eu acho assim, se a pessoa tem um objetivo... só quando ela... se ele não tem objetivo, ele perde a noção até da vida, né? Ele perde até... o interesse. Eu acho que o pessoal de rua, vamo dizê assim, são... tão beirando, né, o desinteresse da vida, o desinteresse mesmo da vida, então pra eles não importa se toma banho, se come, se bebe, se deixa de... nada, eles não se importa com nada. Por isso é que eles corta com a família, eles acaba com a família. Porque pode ter problema com, com alguma pessoa de dentro, ou mesmo com a família toda, mas problema, todo problema tem solução, né? E se a pessoa corta de vez com a família, ele corta... porque não quer ser como a família exige, vamo dizê assim. É lógico, se você tem família, você tem que andar segundo as regra, e ele não quer. Então o sujeito não se adapta com a família, então ele não tem pra onde correr, e também não tem tanto dinheiro assim, e corre pra rua. E indo pra rua, pronto, né? Como é que ele vai...? Porque ele junta com os outro, né, que também fica no mesmo pé que ele, são pessoas, assim, que eu diria complicada.

Eu sou Jerônimo, tenho trinta e cinco anos, dos quatro irmão sou o mais velho dos homem; assim, dos homem não, eu sou o único, eu fui o primeiro homem, né, e as outra são tudo irmã, num total de três. Meu pai trabalhava numa firma que construía ponte, trabalhava em firma de construção de ponte, e assim cada um nasceu num lugar. Então um nasceu em Chavante, que foi eu, a segunda nasceu em Piraju, a outra em Mococa, e a última, que a diferença minha pra última é sete anos, ela nasceu em Presidente Prudente. Pode reparar que são as quatro ponta do estado.

Mas a gente morou também em São Paulo. Um tempo,

não sei quanto tempo. Ficou o quê, não lembro, eles é que sabe. Então fui morar aqui definitivo com oito, já com oito pra... oito anos já eu fui morar aqui, vim morar com eles em São Paulo. Foi na Penha, eu sei até o nome da rua... a casa já mudou, já mudou a casa, mas o nome... já passei lá, a casa mudou, mas o número continua. Não lembro direito, mas eu sei onde que é. Aí andamo... Penha... Vila Mancheste... aí eu fui em outros lugar aí. E fiquei aqui.

Pobre que é curioso, o que faz é ficar viajando. É... Veja, meu pai nunca reclamou, a verdade é essa, ele nunca reclamou... a mãe reclamava, meu pai nunca reclamou assim, não. Mas meu pai facilitou muito pra mim. Ele mais minha mãe facilitou muito também pra mim. Pra mim, eu acho que eles devia ser mais duro comigo. Não, eles não dava dinheiro. Eles... tanto é que eu também desacostumei a ter dinheiro no bolso direto. Assim, eu acho... eles dava casa, cama, comida. Não é bem... Meu pai pelo menos eu acho que facilitou muito comigo. Depois, quando é depois de dezesseis anos, quando eu comecei a sair de casa, eles quis prender demais, entendeu? Eu acho que até eles gostava quando eu ficava em casa, que aí pelo menos eles tava me vigiando. Aí quando eles quis... aí pulei fora, aí já tava crescido, né? Já tava crescido, então...

Pra onde eles tá hoje, também onde minha mulher foi com meus filho, eu posso voltar lá, vamo dizê, a hora que eu quiser e, melhor ainda, se eu voltar lá agora, melhor ainda, né, porque agora... assim, porque quando eu cheguei lá a primeira vez, é lógico, era tudo estranho. Eu fui até direto pra roça, lá no sertãozão, lá perto da serra dos Gerais, na terra da minha mãe, divisão com a serra dos Gerais. Lá, o pessoal que me conhece lá, que conhece minha família, as parentada dela tá tudo lá, que eles têm pouco, eles não são muito também de sair pra cá, não. Lá, agora que tão saindo os mais novo. Porque também facilitou, de uns tempo pra cá facilitou muito o transporte, mas antes eles não saía não, né? Os mais velho não sai de lá de jeito nenhum. Os mais velho… geralmente é o tipo de pessoa do interior, assim de lugar separado.

Se gosto da minha mulher? Sim. Lógico! Agora, tá longe, né, mas… É sério, a gente sente muita falta também dos filho, a gente sente… Quatro filho, duas menina… Uma fez sete agora esse mês, com um ano e meio de diferença. São pequenininho, quer dizer, deve tá sentindo falta do pai, lógico. De jeito nenhum que eu recuso de ser pai, vamo dizê, tô aqui é por causo deles, porque amanhã ou depois eles tão começando, veja bem, começou o outro na escola agora, e isso dá despesa. Primeira coisa que a gente pensa é em despesa, lógico, em despesa, e eu tenho que estar preparado porque agora vai ser encarriado. Então daqui a pouco eu vou ter quatro menino, no ano que vem, eu vou ter quatro menino de escola. Falar a verdade é isso. Porque creche também é escola. Então quer dizer, tem uma despesinha. Então a previsão minha é essa, que agora, vamo dizê, eu não trabalho pra mim. Eu acho até bom, faz bem, pelo menos a gente tem o que fazer, não fica aquela vida monótona.

Eu mais ela, na serra lá, a gente fazia… de vez em quando plantava roça. A cidadezinha lá de onde eu venho é pequena, né? Vinte mil pessoa. Então a gente fazia assim, a gente plantava uma coisinha, tal… Aí foi atrasando um mês, dois mês, três mês, aí as dívida juntou, aí eu tive que largar a roça, não tinha condição, porque só a roça não dava pra manter, né? Falei "É, não tem condição não, são agora quatro filho". A mais velha tem sete pra oito… a escadinha é de um ano e meio cada uma… um ano e meio a diferença.

Eu decidir se fico ou volto? Depende… Também, se eu chegar lá e meus filho "Quem é o senhor?", é lógico que… ou se a mulher falar assim "Ó, não quero ver sua cara mais", eu penso

"Aqui eu não vou voltar", essa é a verdade. Se ela falar assim "Eu não quero que o senhor venha", bom, aí é mau, né? Mas até aqui não sei disso, não. Até uma vez, foi o ano passado, eu não sei se era porque ela tava sentindo saudade, já logo assim. Acho que uns... ia fazer três mês que eu tava aqui, ela "Pô, vem pra cá!", com aquela conversa, "Nós tá com saudade!", que não sei quê... Falei "Agora não posso ir, não vou agora". Então, eu não sei por quê, também, depois ela aquietou. Então ficou assim... De vez em quando mando um dinheirinho. Eles sabe que eu tô em São Paulo, mas nem sabe que eu tô no albergue, não... Eu escondo um pouquinho. É porque eles não pode fazer nada. Não é que eu escondo, não tem nada a ver, né? E outra coisa: eu acho muito difícil, aqui no albergue, você comunicar com a família, no caso.

Quanto a mim... nunca tive, nunca entrei em contato com... Eu entrei mais em contato com o pessoal da rua, assim, quando eu fui pro albergue, né, porque no ano passado eu fiquei no albergue lá de Santo André. Porque também ficava perto da firma. Era a firma ali da... daquela firma de alarme, eu virei ajudante lá, eu trabalhava numa reforma lá, então trabalhava lá e por isso que eu dormia lá perto. Acordava já era seis hora e depois tinha café na firma, e chegava e tudo bem, daí a gente se virava. O problema maior era dormir, né, sem conseguir dormir, pra trabalhar no dia seguinte não tinha jeito de ficar acordado, não. Depois perdi o serviço e fiquei um bucadinho de tempo sem trabalho, assim, fazia uns biquinho de vez em quando, porque tava procurando emprego no outro dia, né, a gente procurava um serviço, achava alguma coisa, mas não muito, né? Trabalhei muito picado, pra não ficar parado de tudo, que não dá... aqui em São Paulo não dá pra ficar sem dinheiro, né, não tem jeito.

Então, no dia que eu num tô... no dia que eu tô trabalhando, o dia é normal, não tem nem graça, mas no dia que eu num tô trabalhando, sem ter que fazer nada, quando é dia que eu não trabalho, quando é fim de semana, então, quando a gente tá com um dinheirinho, eu por exemplo, quando tô aqui em São Paulo, eu chego, tô com um dinheirinho, coisinha pouca, trinta, quarenta real, é bom pra almoçar e pegar uma telinha. Almoço em qualquer lugar, lanchonete, padaria, e toca pro cinema. Tem vez aí, quando eu tava com menos dinheiro, andava de ônibus, ia em algum parque, é muito bom conhecer.

Como eu falo, não é só questão de dinheiro, não. Quem tá na rua precisa de dinheiro todo o tempo; se ele tá com droga, se ele usa droga, ele precisa de mais dinheiro ainda; se ele tá com vício no álcool, ele precisa de dinheiro; pra fumar ele precisa do dinheiro, até pra comer ele precisa do dinheiro.

É a mesma coisa que o mundo das droga, a pessoa entra, eu já tive colega que entrou, então entrou porque quis. A gente até falava com ele "Ó o que cê tá entrando, como que cê tá entrando nessa, cê não é disso...", tal. Mas entrou, entrou porque quis. E depois pra sair é uma dificuldade. Muita dificuldade... Então eu, no caso, eu por exemplo, eu tô falando de mim, né, eu por exemplo seria questão de escolha, e por enquanto... por enquanto tá melhor essa escolha, de rua, de ficar na rua, morar no meio da rua... A não ser que a gente acha uma outra vida.

Um lugar bom de dormir? Ih, é tantos... Às vezes, até... Terreno vazio que não é muito bom não, porque terreno... assim, não é muito bom não, porque tem rato, tem outras coisa, não é muito bom... Difícil mais é quando vinha o frio, né... o frio que é o mais difícil. Mas no tempo de calor é até gostoso... Não, é sério mesmo, no tempo de calor é gostoso; no tempo de frio é mais difícil, porque eu já dormi muito tempo no frio mesmo, até sem coberta, até em estação de trem a gente dormiu, né, porque depois na madrugada o trem também não passa mais, não passa, então as pessoa não expulsa, deixa tranquilo. Eu já dormi também, um monte, eu já dormi em hotel; mas o hotel é o seguinte, é muito caro, cê não pode dormir toda noite, aí uma noite cê via que ia chover, ou de noite ia fazer muito frio e cê tava sem coberta, né, e cê tava com dinheiro, cê não ia segurar o dinheiro, porque às vezes cê podia até morrer de frio, então a gente dormia às vezes no hotel quando não tinha proteção nenhuma. Não tinha, então...

Já vivi internado, fiquei também internado sessenta dias no sanatório. Não lembro direito, mas eu tinha mais ou menos uns vinte anos, por aí. É, eles achou que eu tava meio... se bem que eu não conversava muito, não falava muito, aí eles achou "Esse menino deve tá meio doente da cabeça", "Ah, vamo internar", o médico falou, e também fiz tratamento durante um tempo, numa clínica assim que eu ia sempre... eu acho que... toda semana eu ia lá, tal. Mas o sanatório foi até bom, eu entrei no sanatório eu tava com cinquenta e oito quilo. Saí de lá com setenta e cinco. Fiquei lá um mês, dois... A comida era boa.

Eles acha que é o seguinte, que a pessoa que tá... Era assim, a clínica era assim, tinha lá pessoas que usava droga, na maior parte, e tinha lá uma ala dos velho. Gente já... acabada memo, já perdendo a noção. Qual é o problema deles tudo? Velhice. Era só isso, então não sei o que eles tava fazendo naquela clínica, porque não tem tratamento pra velhice. Os que tava lá pra desintoxicar, tudo bem, eu falei assim. Aí os outros "E ocê? Cê fuma?", eu falei "Não", "Cê bebe?", "Não", "O que cê tá fazendo aqui?", "Eu tô aqui... Foi meu pai que me botou".

Eu era muito espoleta, como diz no interior. Assim, eu era muito... Ele internou eu devia ser por isso, que eu saía muito de casa, e ele, né... Deve ter outro motivo, mas... Não quero nem lembrar. Até contar... Não, não, não é... Eu quero esquecer, esse motivo eu quero esquecer, não gosto muito de mexer. Eu posso até falar, que não tem nada mesmo... É que... foi uma vez, vamo dizê assim, eu vou contar, foi uma vez né, eu queria sair e... minha mãe trancou a porta e escondeu a chave. Aí eu "Não, né? Não". Eu me sinto... Ninguém gosta, né, de qualquer coisa assim. É que eles não entende, não sei, é que eu não expliquei por que que, né, eu agredi ela. A verdade foi essa. Eu tinha vinte anos na época também. Quer dizer, se fosse hoje, lógico, era outra situação, mas... Tanto é que eu nem aperto ninguém em situação nenhuma, e nem gosto de ser apertado em situação nenhuma.

Então daquela vez fiquei um pedaço maior de tempo, mas o tratamento lá dos médico, não... Já tinha passado um tempo de quando eu tava internado, então, aí o médico... é, tinha um médico lá uma vez na semana, então numa das entrevista, acho que foi no... tinha um mês lá já, ele fez essa pergunta "O senhor tá se sentindo melhor?". Bom, como eu fui pra lá sabendo, a verdade foi essa, aí então tudo bem, tô numa nova situação, nunca tinha entrado num sanatório, tal, acho que o pessoal lá dentro... Eu entendi assim: é a mesma coisa hoje com quem passa de albergue em albergue: alguns conformado com aquela situação, alguns que tava lá por um tempo, só pra ficar limpo, a maior parte era isso, os que nem da minha idade assim. E tinha eu...

Eu, nessa época, nem sei o que eu tava precisando, eu nem sei, não sei se é a mesma coisa de hoje, eu não sei o que eu tava precisando, não. Sinceramente, até hoje eu...

Alguns se droga, né? Tem droga na rua? Ahã, o que mais tem na rua é droga. Além do álcool? Ahã, além do álcool, tem mais droga na rua. O que que tem na rua? Todo tipo de droga tem na rua, facinho. Eu acho incrível, desculpa, eu vou falar agora, eu acho incrível como a polícia... eu pelo menos, né, andando na rua... eu graças a Deus eu não uso nem um tipo de droga, nem álcool, nem cigarro, nem fumo, eu não sei de droga, mas eu vejo, só andando pela rua o tanto que eu já andei, assim, né, a facilidade que eles têm pra fazer o tráfico e tudo o mais. Eu não sei como é que a polícia não consegue, né, não combate. Porque eu, logo que eu tava aqui, andando na rua em São Paulo, né, já conheci os ponto. Sério! É sério. Não vou dizer todos, mas alguns ponto de tráfico mais pesado, e tal. Então eu falei "Sinceramente, como é que a polícia não consegue pegar os elemento, que é sempre os mesmo?".

Veja bem, eu tava num lugar no ponto, né, no ponto de ônibus, e tinha um pessoal, um pessoal assim, mulher, criança e um aleijado, tudo, tal, assim, de rua memo. Eles fez lá uma vaquinha entre eles. Porque foi assim, um pegou uma criança e saiu. Ia fazer o quê? Encharcar, né, com a criança. Depois voltou. Aí o outro pegou a criança, a mesma criança, saiu. Que a criança era de uma mulher... tá lá ela também, ela fica lá. Ele saiu, voltou. Daqui a pouco eles fizeram a vaquinha entre eles lá e um saiu pra ir comprar a pedra, né. Demorou o quê? Dez minuto. Ele voltou com a pedra na mão. É pertinho. É mais ou menos dez minuto que ele demorou, não levou mais que isso. E tem mais viaduto ali, Santa Cecília e vários lugar. Até, infelizmente, qualquer ponto aí é fácil de saber quem compra quem vende. E droga pesada; eu achei que era mais álcool, não, é pedra também, casca, tijolo... é mais fácil esconder, né, da polícia. Os traficante joga na mão do pessoal de rua, e lógico que a polícia não vai ficar pra lá e pra cá mexendo em mendigo pra ver se tem pedra, não vai mexer em bagulho de mendigo, aqueles bagulhão sujo lá, né? Então os traficante esconde ali. É lógico, o povo da rua não tem defesa de nada, tá na travessia dos traficante né, e aí o traficante dá uma pra ele... Guarda porque ele tem que guardar, é obrigado a guardar... na hora que ele recebeu, ele é obrigado a guardar, e tem uns também que usa, né, lógico. Consegue se viciar, né? Aí fica devendo favor pro traficante... o traficante tá com tudo na mão, vamo dizê assim. Mas é uma situação ruim pra quem tá na rua... Não tem jeito dele sair, sozinho não sai, de jeito nenhum, e ainda afunda mais. Ajuda de fora não tem, o traficante às vezes é mais forte até que a polícia, né, vamo dizê assim, porque o traficante consegue botar medo nele, e a polícia não.

E depois, a gente sabe de tudo. Não tem bonzinho na vida. Veja bem, só quem não entende é bobo. Por exemplo, uma pessoa monta um albergue, que nem mesmo montaram um agora, é o Clube das Mães. A gente sabe que já monta essas instituição... eles monta, é lógico, todo mundo sabe que tudo que... se abre a porta, é pra comércio. É comércio. É um comércio. Até, vamo dizê assim, até uma igreja que abre por aí, as pessoa acha muito "Ah, o pastor só pede dinheiro", mas tudo é pra comércio, entendeu? O negócio é dinheiro, ninguém vai tirar do bolso porque tem que botar no bolso, ninguém vai tirando do bolso porque uma hora acaba.

Veja bem, porque quando monta um albergue eles sabe muito bem o número da gente de rua... que inclusive até prometeram na época, foi, se não me engano, foi mil e quatrocentos, não sei, foi muito, né, muita vaga. Chamaram o quê, duzentos e pouco se não me engano. E tão sempre prometendo lá "Não, vamo chamar, vamo chamar, vamo chamar...". Se tivesse esperando já tinha morrido de fome. Então quer dizer, essa medida foi pouca, porque nem tudo eles chamou, nem todos que foi cadastrado a primeira vez eles chamou, lógico. É o tal negócio... pouco mesmo, assim de... jornal e tudo mais lá, televisão em cima, é por isso que muitos fica revoltado, muitos da rua fica por causa disso, porque faz aquele barulho na TV e depois não dá nenhuma explicação, nada acontece.

Muitos só sabe o que é albergue quando aparece no *Jornal Nacional*, alguma coisa, né, ou no *Fantástico*... mas eles acha o seguinte, que... foi criado esse negócio de albergue, que é uma parte da ajuda... é lógico, né, isso daí tem muito outras coisa, né, outros interesse por trás disso, né, lógico, cê sabe disso. Ah, é lógico, interesse político e tal, interesse pessoal de muita gente, porque não é só, vamo dizê assim, a prefeitura... Tem muita entidade aí que interessa pra elas isso, né? Elas se promove, é lógico. Veja bem, quantos ponto de sopa tem em São Paulo? Bastante. Algumas entidade espírita, né, outras evangélica... Mas qual o interesse deles nisso? Cada um tem um interesse, não é só amor ao próximo, não. Também pode ser, mas vamo dizê assim, a gente coloca uma estampa, é muito fácil colocar uma estampa na frente, certo? Mas é lógico. Pelo menos eu não... Tem entidade, todos têm interesse, tem entidade que faz melhor, tem outras que faz... usa mais a população, né? Isso aí tem, e ninguém usa mais que o político, né? O político é que usa mais. Ninguém sabe melhor trabalhar isso que político. E é lógico, pra isso que ele é político. Eu não vou tirar a razão dele. Quer dizer, se eu fosse político também eu não fazia diferente. É lógico, todos os político usa, tem que usar, é da política isso. Tem que usar a imagem, tem que usar, né, vamo dizê, o engodo, né, tem que usar. E não é só aqui no Brasil, é mundial, né.

Não, porque... veja bem, que quem... vamos dizer assim, quem manda no governo é a gente, não é? Certo? Quer dizer que então o governo é o governo, mas recebe ordem. O vereador faz o projeto, né? Quer dizer, mas apoiado em quê? No que ele pegou da população, que é a necessidade da população. Quando alguma vez o povo reclama do povo de rua, é porque... quando eles lança algum projeto é porque houve alguma reclamação

"Ó, aqui o povo de rua tá nessa situação, não tem, não dá como continuar assim" e tal.

A população sempre exigiu as mesma coisa, né, não foi assim? Pois, veja bem, a base da vida não é a família? Se a pessoa corta com a família, cortou com tudo também, né? Então o povo de rua não são marginal, né, assim, no sentido da palavra "marginal", no sentido da palavra "bandido", mas eles desliga de tudo, né? Eles, vamo dizê assim, são obrigado a viver às custa dos outro. Porque a verba de albergue e tudo isso vem de onde? Que o povo contribuiu, então, lógico... Pra quem tá sabendo, isso não é muito bom, não, nem é interessante viver às custa dos outro. Não fico satisfeito, né. Não, é... é ruim. Sério, é mesmo, porque... É vergonha também, mas não é assim, né, porque...

Ficar na rua mesmo é que ficou sozinho... mas é que eu sou assim, o tipo de pessoa que, vamo dizê, não sei se é minha natureza, que eu não acho muita coisa difícil, não, eu me acostumo rapidinho. Em São Paulo, aqui, sempre andei sozinho. Dia que eu não tava trabalhando era mais fácil, que às vezes eu dormia de dia e andava à noite. Sempre andei sozinho, nunca tive medo não... Assim, lógico, tomando cuidado, cê tem que tá de olho aberto, né, nunca cruzar com dois ou três, se tiver dois ou três cê volta, lógico, cê não vai saber quem é, né, então fazia assim. Eu não sei ficar fixo num lugar. Mesmo aqui em São Paulo, uma hora eu enjoo e saio também, eu não sei ficar parado, assim, quieto no lugar. Eu não... não entendo como é que a pessoa às vez... não é do meu feitio ficar trinta anos no mesmo lugar, na mesma rua, na mesma casa.

Então veja bem, não é só falta de condição financeira que faz homem de rua, é também problema com a família, que o problema com a família afeta tudo, que aí afeta tanto ele numa empresa, que ele vai trabalhar numa empresa e ele não consegue também acompanhar o ritmo dos funcionário. Na família a mesma coisa, começa da família primeiro e aí parte pra todo o resto, aí fica aquele… essa situação. Eles fica… prefere ficar sozinho. Por isso que eu e muitos tão na rua sozinho e muitos não quer nem saber de albergue, alguns não quer de jeito nenhum, porque no albergue tem que se meter com os outro, um mínimo, e como eles têm esse grande problema com todo mundo, eles prefere viver isolado na rua. Aí ajuntam lá três, quatro, cinco que têm o problema igual, aí eles acaba acostumando com aquela vida, que pra eles é melhor ser isolado… Eles até não liga que todo mundo abandonou eles.

Eu falo muito dos outro, tá certo? Eu falo muito dos outro memo, uma porque eu também, eu sou meio, eu também sou meio fechadão, assim, quer dizer, pra tirar alguma coisa de mim, assim, de mim memo, é meio difícil, muita gente já reclama disso, não é só… Até o médico às vez reclama que "Pô, ocê…, né?". Eu sinto as coisa, mas não falo. Não falo o que eu sinto. Não porque, veja bem, que… Eu não gosto, assim, de expor muito não. É… é até onde eu quero, não é até onde eu posso, porque é mais fácil.

O futuro? Pra falar a verdade… Bom, eu, com os plano… Eu não sou muito de fazer plano pro futuro, não, pra falar a verdade é isso. Eu não sou, não. Porque a gente faz plano, plano, plano, e depois não dá certo, eu acho que eu fico muito, assim, triste, né? Que a rua, a rua mexe também a pessoa. É lógico, é uma situação bem ruim pra pessoa, bem ruim memo, mas é um limite pior que animal. Ela fica se sentindo feito um animal, e é, realmente é. O que que ele faz além de comer, beber, fazer as necessidade e dormir? Dormir ainda mal, com os outro tocando, chutando pra lá e pra cá. Quer dizer, então ele se sente como um animal, como um cachorro, e é lógico, o ser humano se sentir assim… Mexe muito. E muitos tá assim nessa condição, entendeu? Não é só dar casa e comida pra eles, não, é resolver o problema mais que tá na cabeça dele. É fazer ele acreditar em Deus.

Acreditar em Deus a gente tem que acreditar, não é que a

gente não acredita, não, é… eu acho assim, não tem como não acreditar em Deus. Ah, sim, fé, é lógico, porque eu faço… assim, não tem como a gente dizer… não tem como dizer que Deus não existe, porque, fala a verdade, olha, eu falo mesmo, se a vidinha for só essa aqui, de você beber, comer, fazer as necessidade, dormir e um dia morrer, eu ia sentar aqui agora e ficar assim, ó, até o dia que eu… Sinceramente, que que adianta essa vida que tem que correr pra baixo e pra cima, e fazer aquele esforço todo pra depois não valer nada? Não, isso é sem futuro pra mim. Isso aí eu não… Se for assim, vamo dizê, se eu descobrir que é assim, não tem graça nenhuma. E tem? Então… Não tem graça nenhuma, não tem, né? Então, quer dizer, a gente é obrigado, eu falo obrigado no bom sentido, a acreditar em Deus, que Deus tá em todas as coisa, ajuda muito, dá muita chance pra pessoa, mas eu acho assim, a gente não pode culpar Deus por alguma situação… nem porque tá chovendo ou porque tá fazendo sol… quer dizer, também a gente não pode dizer assim "Ah, seja o que Deus quiser" e ficar nisso. Aí não tem jeito. Se não caçar, aí não tem jeito, né?

Metástase

Certo tipo de bactéria marinha, que sob as lentes do microscópio parece um amendoim vermelho, é capaz de transformar a luz do sol em combustível corporal com cem por cento de eficiência, ou seja, sem nenhuma perda da energia captada. Tal fotossíntese perfeita contraria um dos princípios da física, segundo o qual em qualquer transferência energética há sempre alguma perda. O fenômeno ocorre graças a estruturas batizadas pelos cientistas, na falta de melhor nome, de "antenas". Cada bichinho possui oito delas. Enquanto isso, a eficiência energética das nossas placas de energia solar patina em índices que vão de dezesseis a no máximo vinte e oito por cento.

— *Tem alguém pesquisando esse prodígio? Com tempo e dinheiro à vontade? Ou depois de sete mil anos de história ainda vamos ser humilhados pela tecnologia superior das bactérias-amendoins?!*

É como o movimento imperceptível de um gafanhoto se preparando para pular. Até onde conseguimos ver, ele está lá, parado, depois não está mais. A microscopia científica desintegrou de repente meu castelo humanicista, e fez isso com precisão técnica, qualidade estética e ampla circulação. Uma coisa era saber da existência quase teórica de criaturas invisíveis ao olho humano, outra é vê-las a toda hora, conhecer a expressão de seus rostos, saber como se movem e como vivem.

Admitir a vaga existência de um ácaro na minha cama era coisa perfeitamente indolor, feita sem maiores traumas. Conhecer o retrato do bicho ou as filmagens de suas colônias, porém, provoca sentimentos difíceis de explicar. Sente-se repulsa, angústia. Você não encosta a cabeça no travesseiro do mesmo jeito quando sabe estar cercado por milhares de carrapatos gordos e verde-foscos, com longos fios de cabelo pelo corpo, tendo cada um seis patas pontiagudas, cinco olhos e uma boca de aranha, composta de duas presas monstruosamente adaptadas para a mordida, a picada e a sucção.

Passei a ter os mesmos sentimentos desagradáveis em relação a várias formas de vida microscópicas, quando as imaginava na maçaneta de banheiros públicos, nas roupas que visto, nos tapetes que piso, no ar que vai e vem dos meus pulmões e nas águas onde costumo nadar. Mas a repulsa e a angústia, um dia, se transformaram em admiração.

Nas paredes do intestino humano, presa por filamentos e complexos proteicos que se ligam a nossas células, temos a *Escherichia coli*. É uma das bactérias mais antigas e disseminadas do planeta. Trata-se de um ser vivo capaz de produzir todos os elementos de que precisa para viver. Ela é causadora de algumas doenças no homem, mas também fermentadora de açúcares e fundamental em nossa digestão.

Os cientistas agora manipulam seu genoma, tornando-a apta a sintetizar as enzimas que processam a celulose. Com essas enzimas, a bactéria transforma a biomassa dos canaviais e de outras procedências em açúcares e, num segundo estágio, em biocombustível. Sim, etanol. O biocombustível é o excremento do animalzinho, e sobe já pronto para a superfície do recipiente onde ocorre o processo. Sem passar por destilação ou purificação alguma.

— *"Não dance onde os elefantes tocam", velho ditado alemão.*

Não é novidade que o vírus da toxoplasmose só se reproduz no intestino dos gatos. Quando, pelas fezes, o serzinho monocelular é expulso dos hospedeiros naturais, começa a odisseia da volta. Das fezes ele passa aos alimentos e, se ingerido por um organismo que inviabiliza sua reprodução, um hospedeiro intermediário, mais cedo ou mais tarde precisa se lançar ao mundo novamente em busca de algum bichano disposto a recebê-lo. De preferência, não pelas fezes outra vez, pois encontrou uma saída mais inteligente.

No hospedeiro intermediário, ele desestabiliza a produção de duas substâncias neurotransmissoras, alterando a química e o funcionamento do sistema límbico, a parte do cérebro mais ativa nas situações de susto e medo. É como se desligasse o alarme do corpo em que está alojado. Nos camundongos e ratazanas, faz com que percam o medo de seus predadores usuais, os gatos, e se entreguem à morte. Ao que parece, os roedores perdem a sensibilidade para o cheiro da urina dos felinos, que normalmente acionaria seu instinto de autoproteção. Um grande negócio para os gatos, que conseguem comida fácil, e para o vírus, que retorna ao maravilhoso intestino da fertilidade.

No homem, ele provoca infecções leves, perigosas apenas para quem estiver com o sistema imunológico avariado. Mas alguns estudos apontam que também nosso psiquismo pode ser alterado por sua presença. Vítimas agudas se envolvem com mais frequência em acidentes de trânsito, pois têm aumentada a predisposição para assumir riscos e diminuída a capacidade de reação. As mulheres se tornam mais inteligentes, descontraídas e afetuosas, enquanto os homens ficam mais tolos, ciumentos e rebeldes. Tudo isso é estudado cientificamente. Dependendo da região do planeta, de quinze a oitenta e cinco por cento das pessoas estão infectadas; no total, mais de quinhentos milhões de toxoplasmóticos. No Brasil, sessenta por cento da população!

— Se os gatos não são predadores de humanos, se não somos comida de angorás, siameses ou persas — a única maneira de o vírus retornar por nosso intermédio ao intestino do hospedeiro natural —, o que ele ganha manipulando nosso sistema nervoso? É um dispositivo automático, que mesmo num hospedeiro inadequado reproduz seu programa de sabotagem, sem saber que é inútil? Ou uma permanência biológica da idade das cavernas, quando os homens ainda eram vítimas dos tigres-dentes-de-sabre?

Uma espécie de lacraia marinha de meio milímetro, cujo corpo marrom, em gomos, parece um chocalho de cascavel e cujas patas são amarelo-fluorescentes, com ramificações idênticas a espinhos, dotada de antenas compridíssimas, igualmente amarelas e luminosas, foi descoberta a cinco mil e quatrocentos metros de profundidade, na costa ocidental da África. Poucos anos depois de sua primeira aparição, a *Ceratonotus steiningeri* foi encontrada no meio do oceano Pacífico, a treze mil quilômetros de distância! Proporcionalmente a seu tamanho, é uma capacidade de deslocamento extraordinária.

Isso sem sair da Terra, mas a astrobiologia vai adiante e afirma sem medo: bactérias e micróbios são os verdadeiros seres de outros planetas. Que se roam os ufólogos de plantão e os marqueteiros do ET de Varginha; adeus para sempre à balela de que a atmosfera blinda nosso planeta contra o contato com o espaço sideral. Seres microscópicos viajam e resistem às explosões estelares, a doses maciças de raios gama e ao surgimento das supernovas, que liberam quantidades cavalares de raios X.

Alguns desses seres minúsculos, para sobreviver, formam uma carapaça, outros entram em dormência e colam na proteção de um simples grão de poeira cósmica. Viajam pelo espaço grudados na cauda dos cometas, ou nos meteoritos, e, quando um desses corpos celestes penetra em nossa atmosfera, o atrito pulveriza a rocha mas não atinge criaturas quase desprovidas de massa, que então chegam intactas à crosta terrestre. Estima-se que dez mil toneladas de grãos de cometas caem por ano na Terra, e em cada grão pode haver uma colônia de microrganismos.

A estrada sideral não é de mão única. Assim como chegam, eles vão. Tufões, tornados, até ventanias muito fortes, tiram do chão, diariamente, as partículas minerais e seus nanopassageiros. Subindo até o limite da atmosfera, vazam pelas barreiras de gás e gravidade, de onde são espirrados para todos os cantos do espaço, pelos ventos solares.

Engana-se a tradicional teoria evolutiva. A vida não nasceu nos oceanos, veio do espaço.

Quando vi, estava perdidamente apaixonado por amebas, vírus, fungos, genes e anticorpos; por bactérias de corpinhos fluorescentes, corcoveantes, deslizantes e sensuais, espécie de fios ondulantes eletricamente animados; por células e partículas bióticas elementares, seres num estado puro e primordial, que se propõem tão somente a buscar energia porque precisam viver, a se multiplicar como autodefesa, a lutar por instinto contra a morte e seus mensageiros. Todas essas formas de vida executam suas funções biológicas sem prazer ou dor, sem juízo crítico, em plena conformidade com sua programação natural. O que passei a admirar nessas criaturas é seu despojamento de todos os penduricalhos a que chamamos de consciência, ou cultura.

E aí o tumor completou o enraizamento dessa nova consciência da vida. O gafanhoto pulou outra vez. Descobri a que família pertencem minhas células cancerosas, entendi como se comportam, pude vê-las em ação na telinha do oncologista — num reality show de vida ou morte, disputado no plano minúsculo dentro de mim. Ganhei intimidade com elas a ponto de apreciar seu mecanismo de multiplicação — tão rápido no meu caso quanto o das células fetais, detalhe que não deixa de ter certa beleza poética. Enquanto atravessam membranas e tecidos, circulam, escorregam, rodopiam, surfam em sangue, reproduzindo e prosperando, numa potência disfuncional, as biopartículas sem cérebro, unidas, esculacham a medicina mais avançada, e também minha percepção corporal.

A horizontalização da vida tornou-se minha nova filosofia bioexistencial. A vida microscópica não apenas está dentro do nosso corpo, mas ela dá forma àquilo que chamamos de corpo. Não somos uma criatura vivendo num determinado meio, nós somos o meio. Nós é que não temos rosto. Nós, animais de grande porte, somos colônias ambulantes. Aparentemente sólidos e visíveis, formas vitoriosas de vida, no fundo não somos nada além de equilíbrios instáveis entre sistemas bióticos minúsculos, reles somatórios desavisados de microcomponentes. É um estranho sentido de pertencimento; estranhamente prazeroso e consolador.

— *Repita comigo: "Eu sou um habitat, eu sou um habitat...".*

Um quilinho, quilinho e meio, de matéria pensante. Ocupa dois por cento do meu corpo e devora trinta por cento da minha energia. Combina estruturas físicas, substâncias químicas e impulsos elétricos, opera comandos subterrâneos, encobertos à observação e, muitas vezes, à lógica. Composta por gomos amorfos, ou na verdade por um único e grosso cordão cinza-amarelado, que se enrosca em dobras gordurosas e engolidoras de glândulas, ou subórgãos, é como a massa de um panetone envolvendo pedaços de fruta cristalizada. Cada região interage com as outras numa orquestração inapreensível pela ciência mais futurista.

Por que fico irritado quando estou com falta de serotonina? Por que a dopamina regula meu prazer? Por que meu amor não depende apenas dos encantos da mulher amada, mas também, e até mais, das taxas de oxitocina? Os neurotransmissores, a quantidade e a maneira como preenchem intervalos microscópicos entre os neurônios, ditam meu comportamento, meu estado de espírito e os sentimentos que tenho em relação aos outros. Não controlo, mal entendo, se é que conheço realmente, todos os dados da equação.

Mesmo quando eu durmo, desligada a base da organização racional, tempestades neurais explodem na minha cabeça, com esguichos e raios de alta voltagem. A percepção do que acontece ao meu redor durante o sono depende delas, e graças a elas se transformam em imagens as emoções selecionadas pelos sonhos, dando-lhes movimento, cores, texturas e formas. Nesse processo que não controlo, é a biologia a verdadeira autora dos enredos, da reprodução dos planos e inquietações que tenho quando acordado. Ela comanda os processos metafóricos e a percepção do espaço onírico por meio de imagens simbólicas.

O glioblastoma foi o último carimbo no meu passaporte para a liberdade. Fiquei amigo da Morte. A máquina mais perfeita da natureza, que já tem vida própria, ainda é capaz de se reinventar. Afastada a chance de uma cirurgia, devido à localização do tumor, eu me divirto acompanhando o fracasso dos genes matadores de células aberrantes, e a atividade febril dos que restauram as células tumorais danificadas pelos remédios. O oposto do que deveria ocorrer, em ambos os casos.

A verdadeira mente científica não deve estar amarrada a suas próprias condições no tempo e no espaço. Ela constrói um observatório, erguido na fronteira que é o presente, a qual separa o passado infinito do futuro infinito. Desse posto seguro, ela faz suas investidas até o começo e o fim de todas as coisas. Quanto à morte, a mente científica morre em seu posto, trabalhando de forma normal e metódica até o fim. Ela ignora uma coisa quase tão insignificante como sua própria destruição física, ignora-a tão completamente quanto a todas as limitações do plano material. A mente científica ideal deveria ser capaz de conceber um ponto de conhecimento abstrato, no intervalo entre o início da queda de um balão e seu choque contra o solo. Isso que estamos vendo é apenas um revés temporário. Uns poucos milhões de anos, o que são eles no grande ciclo do tempo? O mundo vegetal, como vocês podem ver, sobreviveu. Veja as folhas naquela árvore. Os pássaros estão mortos, mas as plantas florescem. Dessa vida vegetal, no lago e na lama, em seu devido tempo, virão amebas microscópicas e rastejantes, que são os pioneiros desse grande exército da vida, para o qual, no momento, temos o dever extraordinário de servir como retaguarda. Uma vez que a mais baixa forma de vida tenha se estabelecido, o surgimento final do homem é tão certo quanto o crescimento do carvalho a partir de sua muda. O velho círculo estará girando mais uma vez.

Prof. Challenger

Parece uma bola de grama fosforescente, abraçada por minhocas marrons, mas é uma esfera microscópica de isopor, cercada por fiapos de moléculas quinhentas vezes mais finos que um fio de cabelo. Captada num microscópio superpoderoso, capaz de ampliá-la centenas de milhares de vezes, a imagem foi colorizada no computador e ganhou o prêmio anual de fotografia da revista científica mais importante do mundo. Para os autores da nanofoto, ela sugere uma cooperação tentacular e cósmica protegendo o planeta Terra.

— *Será que os jurados caíram nesse papinho?*

Desde sempre, desde as cosmologias mais remotas, o fim do mundo fazia parte dos planos. Depois veio a Bíblia, com o Juízo Final, Nostradamus e uma centena de profetas das mais variadas filiações, todos predizendo o apocalipse. Como não aconteceu, a hipótese caiu em relativo descrédito. Vieram o iluminismo, o cientificismo e outros ismos racionalistas, que por um breve momento afastaram a superstição e, com ela, o sentimento do perigo. Em contrapartida, logo trouxeram a bomba atômica e a nuclear. "Já que Deus não se resolve e os messiânicos não se garantem", disseram os cientistas, "estamos dispostos a fazer o serviço." Passou o tempo e, ainda essa vez, a hecatombe final não veio, mais por sorte ou covardia do que por sanidade política. Aí, na virada para o século XXI, surgiu a ameaça climática. Ainda não dá para saber quando a vingança natural nos exterminará, mas o fim previsto é mais ou menos o seguinte:

1. com o índice de mortalidade da nossa espécie em queda permanente, e o prolongamento cada vez mais eficiente da vida humana, atingiremos a superpopulação planetária;

2. a necessidade de sustentar tanta gente vai levar as indústrias alimentícias e o agronegócio transnacionais ao paroxismo produtivo; além disso, provocará um aumento absurdo da produção industrial (não conhecemos outro jeito de distribuir riqueza, a não ser produzir mais, o capitalismo epilético e o comunismo com morte cerebral são iguais nisso);

3. produzindo tanto, sugaremos os últimos recursos do planeta e lançaremos toneladas de gás na atmosfera, atiçando as

mais variadas revoltas da natureza e botando o globo terrestre para ferver;

4. nossa infraestrutura e nossas economias sofrerão o ataque de vulcões, tornados, maremotos, furacões etc. (a lista de cataclismos é imensa, multiplicando-se quando pensamos nas variações geográficas que irão apresentar);

5. as lavouras e as criações serão destruídas pelo gradual enlouquecimento do meio ambiente; algumas capitais costeiras, Rio de Janeiro inclusive, serão inundadas pelo degelo dos polos e consequente aumento do nível dos oceanos;

6. com a queda vertical dos estoques de alimentos, as bolsas de commodities desaparecerão, aniquilando esse tipo de comércio e levando ao colapso o trânsito global de mercadorias;

7. o abastecimento interno de cada país entrará em pane. É o fim da festa. Primeiro os países importadores de comida morrerão de fome, com cobertura via satélite; depois, todos os outros;

8. as baratas, as lagartixas e algumas bactérias sobreviverão sem problemas, mas a espécie humana vai praticamente desaparecer. Os cientistas acreditam na mortalidade de uns cinco sextos da população mundial.

O paradoxo essencial:
Melhores Condições de Vida = Superpopulação
Superpopulação = Piores Condições de Vida

Na melhor das hipóteses, irão vagar por aí hordas peludas de caçadores antropófagos, armados de clavas e com dentes cariados, nômades regredidos num planeta novamente selvagem. Não adianta ficar com medinho, fingir que não tem nada a ver com a história, ou procurar, entre os termos do paradoxo, conciliações, compensações e sinergias. Estarão todas previamente condenadas à insuficiência. Dizem que os cupins são espertos o bastante para jamais comerem a árvore na qual instalaram seu ninho. Viva os cupins... Quanto à sobrevivência dos humanos, Malthus, na essência, estava certo, ele errou foi o timing. O progresso tecnoindustrial, porém, nos fará chegar ao grande momento. Acabou a ilusão tecnicista que nos anestesiou pela primeira vez com o advento da pedra lascada, e na qual, depois da pedra polida, ficamos viciados. Admito, por orgulho ferido, autodefesa, preocupação com filhos e netos, ou até por ideais humanitários, ser quase impossível acreditar num cenário tão lúgubre, mas o apocalipse está se formando.

A classe científica e os otimistas incorrigíveis vão sempre alegar que as pesquisas, embora provoquem um alucinado crescimento demográfico, por outro lado aumentam a capacidade de produzir alimentos e gerenciar os recursos naturais. E é verdade. Mas haverá dificuldades crescentes na distribuição desses alimentos e recursos pelo planeta, e a climatologia, da qual dependem nossas lavouras e criações, é uma ciência condenada.

Para salvar a espécie, seria preciso que as taxas de mortalidade subissem nos gráficos como as torres mais altas de Dubai, Londres, Hong Kong e Nova York. Morrer mais, tocar a marcha fúnebre em escala planetária, é isso que precisávamos fazer. Mas como? Nada nesse sentido nos parece eticamente aceitável. Ou você seria capaz de agradecer às guerras pelas mortandades? De comemorar a irrupção de epidemias e pandemias? De incentivar a explosão de bombas atômicas? De se regozijar com grandes atentados terroristas, agora promovidos não por questiúnculas territoriais e religiosas, mas em nome da sobrevivência da espécie? Você seria o garoto-propaganda de uma campanha de esterilização em massa? E que tal pregar o fim das pesquisas na medicina? Seria admissível aos seus olhos, por exemplo, limitar a menores de sessenta anos o acesso a qualquer tratamento, deixando a natureza trabalhar na população idosa? Ou ser ainda mais radical, obrigando as pessoas a se restringirem ao tempo de vida delimitado por seu próprio corpo, sem interferências externas, independentemente da idade?

Se queremos garantir a existência futura da civilização? Claro que sim, mas desde que indo e vindo de automóvel com ar condicionado e liberados para consumir as delícias que a natureza nos oferece. Desde que autorizados a não ter em nossa cozinha dezoito latas de lixo diferentes, com regras específicas sobre o que devemos jogar em cada uma, ou criadouros de minhocas de vários andares em nossas áreas de serviço, pois não suportamos ser inteiramente biodegradáveis. Sobretudo, queremos continuar parindo nossos bebês, nos reproduzindo sem que essa função biológica essencial seja regulada pelo Ministério de Abastecimento do nosso país, pela Organização Mundial da Saúde ou por algum outro órgão representativo da comunidade internacional, mediante critérios estipulados pela média do interesse dos outros seis bilhões, novecentos e noventa e nove milhões, novecentos e noventa e nove mil e novecentos e noventa e oito (*it takes two to tango*) pessoas existentes no planeta. Entre nossas faltas mais irremediáveis está a dificuldade de privilegiar o interesse coletivo. Aliás, como a história já cansou de demonstrar, e a natureza vai confirmar de uma vez por todas.

O dia em que algum cientista descobrir a cura do câncer, vamos tratá-lo como herói e papariá-lo com os milhões do prêmio Nobel, quando na verdade ele e sua descoberta estarão assinando o atestado de óbito do planeta e da espécie. Afinal, além de humanismo abstrato, existe, na maneira como vivemos a ameaça do câncer, ou de qualquer doença mortal, uma boa dose do mais puro e egoísta instinto de sobrevivência. É o que nos faz perguntar sempre: "E se fosse meu herdeiro genético direto? E se fosse eu?".

Uma vez feita essa pergunta, danou-se; empalidece a cor mais viva da decisão e passamos a torcer pelo sucesso das pesquisas, das indústrias farmacêuticas e dos laboratórios multinacionais, louvando a medicina moderna, obedecendo cegamente a médicos tão humanos, parando de fumar e de beber, proibindo que os outros fumem e bebam, entrando e saindo de mesas cirúrgicas enquanto escarafunchamos nossas metástases até não ter mais onde cortar; prolongando nossas vidas e contribuindo para a superpopulação voraz e destruidora. Eu, supostamente, deveria agradecer de joelhos a quem descobrisse a cura do glioblastoma. Mas em 1950 éramos dois bilhões e meio de criaturas, quarenta anos depois chegamos a cinco bilhões e duzentos, e hoje somos sete bi...

Querendo ou não, em conjunto somos feito o idiota que, no meio da tempestade, com o naufrágio iminente, encontra o rombo no casco do navio e se diverte com o esguicho de água, sem avisar ninguém, na mais risonha inconsequência.

ESTA OBRA FOI COMPOSTA PELA SPRESS EM ELECTRA E IMPRESSA EM OFSETE
PELA RR DONNELLEY SOBRE PAPEL PÓLEN BOLD DA SUZANO PAPEL E CELULOSE
PARA A EDITORA SCHWARCZ EM MARÇO DE 2018

A marca FSC® é a garantia de que a madeira utilizada na fabricação do papel deste livro provém de florestas que foram gerenciadas de maneira ambientalmente correta, socialmente justa e economicamente viável, além de outras fontes de origem controlada.